交通规划软件实验教程
(TransCAD 4. x)

闫小勇　刘博航　编著
主审　牛学勤

机 械 工 业 出 版 社

本书共分8章，第1章为学习交通规划软件之前的预备知识，第2章为交通调查数据处理与分析，第3~6章为交通需求预测四阶段模型的应用，第7章为公交网络建模与分析，第8章为交通规划方案技术评价。每章针对交通规划中的一项工作内容，讲解TransCAD的使用和操作方法，并辅以相应的案例练习，使读者能够循序渐进地掌握交通规划软件TransCAD的基本功能。

本书可作为高等院校交通工程、交通运输、道路工程、城市规划等专业本科生和研究生的教材，同时也可作为交通规划领域专业技术人员学习TransCAD的参考资料或培训教材。

本书配套的练习数据，请按书末的“信息反馈表”索取。

图书在版编目（CIP）数据

交通规划软件实验教程：TransCAD 4.x/闫小勇，刘博航编著．—北京：机械工业出版社，2010.2

ISBN 978-7-111-29532-7

Ⅰ.交… Ⅱ.①闫…②刘… Ⅲ.交通规划-应用软件-教材 Ⅳ.U491.1-39

中国版本图书馆CIP数据核字（2010）第006746号

机械工业出版社（北京市百万庄大街22号 邮政编码100037）
策划编辑：刘 涛 责任编辑：刘 涛 版式设计：张世琴
封面设计：路恩中 责任校对：李秋荣 责任印制：乔 宇
北京机工印刷厂印刷
2010年2月第1版第1次印刷
169mm×239mm·7印张·134千字
标准书号：ISBN 978-7-111-29532-7
定价：19.00元

凡购本书，如有缺页、倒页、脱页，由本社发行部调换

电话服务
社服务中心：（010）88361066
销 售 一 部：（010）68326294
销 售 二 部：（010）88379649
读者服务部：（010）68993821

网络服务
门户网：http：//www.cmpbook.com
教材网：http：//www.cmpedu.com

封面无防伪标均为盗版

前　言

交通运输作为国民经济的基础设施和支柱产业，在社会经济发展中起着至关重要的作用。特别是近年来随着社会经济和交通运输行业的快速发展，客观上需要既掌握交通规划、设计、管理等专业知识，又具有较强的动手能力、实践能力的交通工程专业技术人才。“交通规划”作为交通工程专业的核心课程之一，具有理论性强的特点，同时教学效果与实践环节培养是否到位又有着极其密切的关系。然而，由于实际交通规划工作涉及的理论深度及经验要求较高，多数规划设计部门都不能为学生提供直接参与实践的条件，有关交通规划理论在实际项目中的应用能力培养很难在学校进行，造成理论与实践的脱节。

针对这一问题，许多高校的交通工程专业都相继引进了各类交通规划实验教学软件，并设置了相应的实践教学环节。石家庄铁道学院交通运输工程实验中心也于2004年购置了美国Caliper公司开发的交通规划软件TransCAD 4.7学术版，并开设了“交通规划模拟实验”课程，使学生在实验室即可模拟实际交通规划工作的主要过程，收到了良好的教学效果。

本书就是在我们编写的，并经过多次修订的“交通规划课程实验讲义”的基础上完成的。全书共分8章，第1章为预备知识，对交通规划工作过程、交通规划软件应用和TransCAD软件进行概括介绍，第2章为交通调查数据处理与分析，第3~6章为交通需求预测四阶段法的应用，第7章为公交网络建模与分析，第8章为交通规划方案技术评价。本书在章节安排顺序上与现有的大多数交通规划教材保持一致，便于和现有教材配合使用。从第2章起，每章都先对该章涉及到的基本原理与方法进行简要介绍，便于学生预习。在每章最后都进行小结，概括主要的知识点。本书的每一章都可设计为一个或多个独立的实验项目，便于教师灵活组织实验教学。

编写本书的主要目的，是希望读者能够在较短的时间内掌握用TransCAD进行交通规划的基本方法。初学TransCAD的人，往往面对TransCAD丰富的功能、复杂的操作感到无从下手，而实际上在交通规划工作中经常用到的功能仅是TransCAD丰富功能的一部分。在编写本书过程中，我们充分考虑到这一特点，在内容组织上尽量避繁就简，力争做到不遗漏关键知识点，同时又舍弃了一些实际规划工作中不常用的模型与功能。特别是本书把TransCAD中地图、表格、矩阵的处理功能和GIS空间分析功能，分别融入到交通调查数据处理与分析和交通规划方案技术评价这两章中进行介绍，这样的安排既贴近交通规划工作实际，也符合大多数人的学习认知规律。对于本书没有介绍到的内容，读者可以参考Caliper公司编写的《TransCAD使用手册》和《TransCAD交通需求模型手册》。

本书的读者对象主要是高校交通工程及相关专业的教师、本科生和研究生，同时也可作为交通规划领域专业技术人员学习TransCAD的参考资料或培训教材。本书虽然是结合TransCAD 4.7版本编写的，但对TransCAD 4.5和4.8版本也同样适用。读者可以到石家庄铁道学院交通运输工程实验中心网站（http://teec.sjzri.edu.cn）下载或联系机械工业出版社索取本书配套的练习数据。

本书编写的分工是：刘博航编写了每一章的“基本原理与方法”部分，闫小勇编写了其余部分。全书由闫小勇统稿，石家庄铁道学院牛学勤教授主审。

本书的出版得到了“河北省交通运输工程实验教学示范中心”建设项目和“河北省精品课程‘道路交通规划’”课程建设经费的资助，在此深表谢意。同时感谢北京交通大学邵春福教授的推荐，使本书得以出版。感谢北京数字空间科技有限公司申波经理在本书写作过程中给予的鼓励和帮助。

由于编者水平有限，书中难免存在诸多不当与疏漏之处，敬请各位读者批评指正。

编　者

目　　录

第1章　预备知识

1.1　交通规划工作概述

1.1.1　交通规划的定义与任务

“规划”是确定目标与设计达到该目标的策略或行动的过程，“交通规划”则是确定交通目标与达到这一目标的策略或行动的过程。交通规划的主要任务是：通过深入的调查和科学的分析，在剖析、评价现有交通运输系统状况，揭示其内在矛盾的基础上，根据客货流分布特点、发展趋势和交通运输量的生成变化规律，提出规划期交通运输系统发展的总目标，制订实现这一规划目标的政策与措施，对交通运输设施未来一段时期内的发展作出安排，并根据实施情况进行反馈和修正。

1.1.2　交通规划工作的分类

根据交通规划涉及的范围，可将交通运输系统规划分为区域运输系统规划与城市交通系统规划两大类。区域运输系统规划主要是指公路、铁路、航空、水运、管道五大运输方式的发展规划；城市交通系统规划一般指城市综合交通规划（重点是道路交通系统规划），中小城市一般只进行城市综合交通规划就能满足城市发展的要求，但特大城市、大城市往往还需要进行城市道路交通系统规划、城市公共交通系统规划、城市轨道交通系统规划、城市道路交通管理规划等专项规划。

根据规划对象的时间范围，可以把交通规划分成长期规划、中期规划和近期规划。长期规划是长远的方向性规划，年限一般在20年以上，主要根据未来土地使用规划、人口分布和经济发展规划，确定未来客货运交通需求、重大客货运枢纽布局、交通骨架的形态及交通设施的供应量，提出对象区域长远的交通发展战略和理念，因此也称战略规划；中期规划年限一般在5～10年，规划对象着眼于整个交通网络，重点研究整个网络上各种线路、枢纽的定位与规模，以及这些建设项目的投资建设顺序，这类规划由于要求一定精度，较之战略规划应更多地采用定量分析的方法，是交通规划理论研究的重点；近期规划年限一般在1～3年，主要针对即将动工的项目进行具体方案规划，一般具体落实到某一条线路或某一个节点上，或是针对现状交通系统比较突出的矛盾所进行的短期改善规划。

1.1.3 交通规划的工作内容

不同类型的交通规划其规划方法不完全相同，但其工作过程和内容是基本一致的。现以城市综合交通规划为例说明交通规划的主要工作内容。

1. 总体设计

总体设计包括确定规划的目标、指导思想、年限、范围，成立交通规划工作的组织机构，编制规划工作大纲等。

2. 交通调查

交通调查是交通规划的基础工作。通过对交通现状的调查，掌握交通的生成、分布、运行规律以及现状和存在的主要问题。调查结束后，需要对调查数据进行初步的处理、统计和分析。

3. 交通需求预测

交通需求预测是分析未来年城市居民、车辆及货物在城市内移动及进出城市的信息，是制订交通规划方案的依据。一般来说，交通需求预测包括四项基本工作：

（1）出行生成预测　预测规划年各交通分区产生的出行量，以及各分区吸引的出行量。

（2）出行分布预测　预测一个分区的交通发生量分别到达或来自哪个分区。

（3）方式划分预测　就一批出行量，预测选择各种交通方式的比例。

（4）交通分配　是将各种出行方式的出行分布量按照一定的路径选择原则，分配到交通网络中的各条路段上，求出各路段上的流量及相关的交通指标，从而为交通网络的设计、评价等提供依据。

4. 交通规划方案设计

根据交通需求预测结果，确定城市交通网络及其他交通设施的规模及方案，进行城市交通系统的运量与运力的平衡。主要包括：

1）城市道路网络规划布局方案。

2）城市公共交通线网布局方案。

3）城市轨道交通线网布局方案（仅对大城市）。

4）公共停车场布局方案。

5）城市对外出入口道路布局方案等。

5. 交通规划方案评价

目前的城市交通规划工作中，在规划方案设计阶段多是采用定性的方法，不同的设计者由于其经验和偏好不同，设计出来的方案可能会迥然不同，这时究竟哪个方案最优，必须要用一个建立在定量分析基础上的评价方法加以评价。一般而言，对城市交通规划方案的评价应从技术、经济及社会环境影响等方面进行。

6. 反馈修正

交通规划方案的实施阶段往往是一个漫长的过程，需几年甚至十几年的时间，在实施过程中可能会发现问题，或会因新情况的出现产生原来预料不到的问题，这些都会导致对原规划方案的修改、调整、更换甚至中止。完整的交通规划应该是一个不断反馈、不断调整的连续的过程。根据实际实施情况，需要调整和修改的内容可能包括前面任何一个阶段的工作。例如，可能是因为目标不太切实际而需要重新确定目标，也可能是人员配置上出现问题而需要重新组织技术力量。但经常遇到的是需要作补充调查，重新作某步预测工作，修改规划方案等。

在整个交通规划的工作过程中，交通调查、交通预测、方案设计、方案评价这四项工作是交通规划的主要内容，其中交通预测又是交通规划工作的重中之重。

1.2 交通规划软件简介

1.2.1 交通规划软件的应用背景

20世纪60年代，随着计算机技术的普及以及交通规划定量化技术的发展，开始出现了专门用于交通需求预测以及规划方案评估的计算机软件。经过几十年的发展，交通规划软件的应用已经渗透到交通规划工作的各个阶段，交通规划软件的开发、销售与技术服务也已发展成为一个颇具规模的产业。交通规划软件之所以得到如此广泛的应用和快速的发展，主要有以下几方面的应用需求。

1. 有效管理交通规划数据

交通规划工作中所涉及的基础调查资料、模型运算结果等各种数据，不仅体量庞大，而且类型繁多。虽然通用的数据库管理软件也能对这些数据进行存储和管理，但对一些交通规划工作中特有的数据类型，如交通网络拓扑结构数据、交通需求矩阵数据等，往往需要采用专业的交通规划软件才能够进行更有效的编辑、管理和分析。

2. 快速运行需求预测模型

交通需求预测是交通规划工作的重点，需求预测模型的运算速度和精度对于规划工作至关重要。随着交通网络的日益复杂，手工求解交通需求预测模型已基本成为不可能完成的任务，即使一个中等规模的城市，其道路网络也有数百节点、上千路段，必须借助交通规划软件方能完成交通需求分析工作，这也是交通规划软件的核心功能。

3. 直观表达规划分析成果

交通规划工作中所产生的各种分析、计算、评价结果，可以借助交通规划软件进行直观的可视化表达。这一点对于交通规划工作非常重要，因为越直观易懂的（而不是越专业的）表达方式，才越能使得交通规划成果被决策者及公众理解和接受。

总结起来，交通规划工作中对数据管理、需求建模和结果表达三方面的需求推动着交通规划软件的发展，而这三者也是交通规划软件所需要具备的三种基本功能。

1.2.2 常用的交通规划软件

据不完全统计，目前已有上百种专业软件应用于交通规划的各个领域。国内外使用较多的软件主要有美国 Caliper 公司的 TransCAD、美国 Citilabs 公司的 CUBE、加拿大 INRO 公司的 EMME/3、德国 PTV 公司的 VISUM/VISEM 等。下面简要介绍这几种软件的功能和特点。

1. TransCAD

TransCAD 是由美国 Caliper 公司开发的一个完全基于地理信息系统（Geographic Information System，GIS）的交通规划软件。Caliper 公司 1988 年发布 TransCAD 的第一个版本，目前的最新版本是 TransCAD 5.0。

TransCAD 是首家独创，唯一专为交通运输业设计的 GIS 软件，它集 GIS 与交通模型功能于一体，提供任何别的 GIS 或交通模型软件所不能及的综合功能。非交通专业的人士可以完全将 TransCAD 当作一个通用的 GIS 软件来使用。而在交通规划方面，TransCAD 不仅提供了传统的四阶段交通需求预测模型和非集计模型等，还提供了物流规划、数理统计、GISDK 扩展编程等特色功能，TransCAD 5.0 版本还加入了动态交通分配、模型管理器等先进的功能。

2. Cube

Cube 是美国 Citilabs 公司推出的交通规划软件包，它继承了英美国家 20 世纪 60 年代起研发的多种传统交通规划软件，如 TRIPS、TP +、TRANPLAN、MINUTP 等的许多优秀功能。Cube 的核心是 Cube Base，它将 Cube 系统中的其他软件整合成一套易用的建模与分析工具，并能与地理信息系统软件 ArcGIS 直接衔接。Cube 包含的软件包括 Cube Voyager（客流预测）、Cube Cargo（货流预测）、Cube Dynasim（交通仿真）、Cube Avenue（中观模拟）、Cube Analyst（O-D

矩阵估算)、Cube Land(土地使用模拟)以及 Cube Polar(空气质量预测)。上述 Cube 系列软件模块和扩展应用都工作在统一、集成的 Cube 软件环境中，并使用同一个数据源。此外，Cube 是迄今为止界面已基本汉化的国际化交通规划软件包，简明的中文运行界面和中文帮助系统给国内用户带来了很大方便。

3. EMME/2、EMME/3

EMME/2 软件最初是由加拿大 Montreal 大学的交通研究中心开发的，后为 INRO 咨询公司继承。该系统为用户提供了一套内容丰富、可进行多种选择的需求分析及网络分析与评价模型。EMME/2 的特点是建模灵活，但由于它采用了类似 DOS 系统的命令行操作模式，软件操作较为繁琐。

EMME/3 是 EMME/2 的升级版本，它采用了全新的 Windows 操作界面，整合了 ArcGIS 的部分功能，能够提供较强的路网编辑、图形分析和报告能力。此外，INRO 用于交通规划的产品还有 STAN(一个专门用于货运规划的软件包)。

4. VISUM/VISEM

VISUM/VISEM 是德国 PTV 公司研发的交通需求预测与网络分析软件。VISEM 软件用来建立交通需求模型，包含了出行生成、出行分布和方式划分三个需求分析阶段。VISEM 的特点是采用基于出行链的需求预测模型，把出行者分成一系列出行行为特征相似的群体，对每一个群体模型产生一系列相应特征的出行链。

VISUM 是一款用于交通网络分配及网络数据管理的综合性软件。在多模式分析的基础上设计的 VISUM 把各种交通方式(如小汽车、货车、公共汽车、轨道交通、行人、自行车等)都融入一个统一的网络模型中。VISUM 还提供了与 PTV 的微观仿真软件 VISSIM 的交互界面，可以方便地将 VISUM 路网模型导入 VISSIM 中。

除了上述四种软件外，较为常用的交通规划软件还有美国的 QRS II、荷兰的 OmniTrans 以及国内东南大学开发的 TranStar 等。

1.2.3 交通规划软件的发展趋势

计算机软件在交通规划工作中的应用已有 50 余年的历史。从早期的 UNIX/DOS 命令行界面，到目前普遍采用的图形视窗界面，交通规划软件的操作越来越简便，功能越来越丰富。纵观交通规划软件近年来的发展，明显体现出以下几种趋势。

1. 需求分析模型的多元化

早期的规划软件多脱胎于美国交通部 20 世纪 70 年代开发的城市交通规划系统(Urban Transportation Planning System，UTPS)。UTPS 所建立的交通需求预测的四阶段模型，奠定了交通规划软件的框架基础，其影响一直持续至今。随着交通规划理论研究的不断发展，20 世纪 70 年代后开始普及的非集计需求预测模型，80 年代后出现的基于活动的、旅次的需求预测模型，90 年代开始成熟的多阶段组合模型以及目前正方兴未艾的动态交通分配模型等，都先后被各类交通规划软件所吸收和包含。可以说，交通规划理论的发展不断推动着交通规划软件的发展，需求分析模型的多元化带给了软件用户更多的选择，并不断改善着需求预测精度与适应性。

2. GIS 技术的广泛应用

近年来，在交通规划的调查数据管理、分析和交通需求建模等工作中，GIS 技术被越来越广泛地应用，其主要原因有以下几方面：①交通规划中的土地利用、交通需求、交通网络等数据具有明显的空间地理特征，适合采用 GIS 管理和表达；②GIS 具有强大的空间分析功能，可提高交通系统分析、评价工作的效率；③借助 GIS 直观、丰富的可视化表达功能，既方便规划人员之间的技术交流，也使得交通规划结果易于被决策者理解和接受。在交通规划软件的 GIS 技术应用方面，TransCAD 无疑是开创者和领跑者，当然其他软件也开始陆续引入了相应的 GIS 功能。

3. 模型管理的集成化

CUBE、TransCAD 等软件用流程图的形式来直观地组织建模过程，用户可以像搭建编程框图那样组织建模思路和输入、输出数据，可显著提高工作效率，降低出错的可能。此外，EMME/2、TransCAD 等也提供了批处理模式，可一次运行多个连续的模型，提高了规划工作的自动化程度，特别是方便了多方案的同指标对比。

4. 支持用户的二次开发

现有的多数交通规划软件都提供了供用户二次开发使用的接口或平台，具体的提供形式有所不同。例如，TransCAD 提供了 GISDK，EMME 提供了宏语言及脚本，VISUM 提供了 COM（组件对象模型）接口等。通过这些二次开发方式，用户可以扩展规划软件的工作环境、调用规划软件提供的模型与算法或自动重复执行某些操作，以满足特殊的应用需要。

5. 与微观模型有机结合

传统交通规划模型一般被认为是宏观模型，这种宏观模型在分析交通网络流量时，难以预测交通拥挤等动态和随机现象，也不能有效分析如路径诱导、交通控制等管理措施的影响，而这些恰恰是微观交通仿真模型的强项。多数交通规划软件开发商已经意识到微观和宏观模型相结合的软件包才是交通工程师和规划师最理想的建模工具。在此方面，PTV 较早进行了宏观模型和微观模型工具的集成，其三款软件 VISUM/VISEM/VISSIM 之间可以实现数据共享和快速建模。其他的软件厂商也已开始陆续研发相应的微观仿真模型，如 Caliper 的

TransModeler、Citilabs 的 Cube Dynasim、INRO 的 Dynameq 等。

如果说十年前，TransCAD 强大的 GIS 功能、TRIPS（CUBE 的前身之一）方便的模型管理功能、PTV 的宏微观结合、EMME/2 精确的交通网络分析算法还是这些规划软件各自独有的特点，那么今天这种差异已在软件的竞争中逐渐消失了，不同规划软件的功能结构、模型算法甚至操作界面都变得非常接近。本书虽然以 TransCAD 为平台介绍交通规划软件的应用，但读者若能够熟练掌握该软件的使用方法，那么在学习、使用其他软件时也能够快速入门。

1.3 TransCAD 软件入门

1.3.1 TransCAD 界面快览

1. 启动 TransCAD

在 Windows 环境下，用鼠标选择“开始→程序→TransCAD→TransCAD x. x”，即可启动 TransCAD。为了方便以后快速启动软件，可以将 TransCAD 程序图标拖动至桌面快捷方式或桌面左下方的快速启动栏。

第一次启动 TransCAD 后，出现快速启动对话框，如图 1-1 所示。用户可以选择“Skip the Quick Start from now on”，这样下次启动 TransCAD 时将不再出现该对话框。

2. TransCAD 主界面

启动 TransCAD 后，出现 TransCAD 主界面，如图 1-2 所示。

该界面中，上方第一行是标题栏，显示 TransCAD 的注册信息以及当前活动窗口标题；第二行是菜单栏，用鼠标点击任一项就会出现一个下拉子菜单供用户进一步选择；第三行是工具栏，提供了常用操作的快捷工具按钮；中间的空白区域是文档显示窗口；最下方是状态栏，显示当前操作状态或地图坐标等有用的信息。

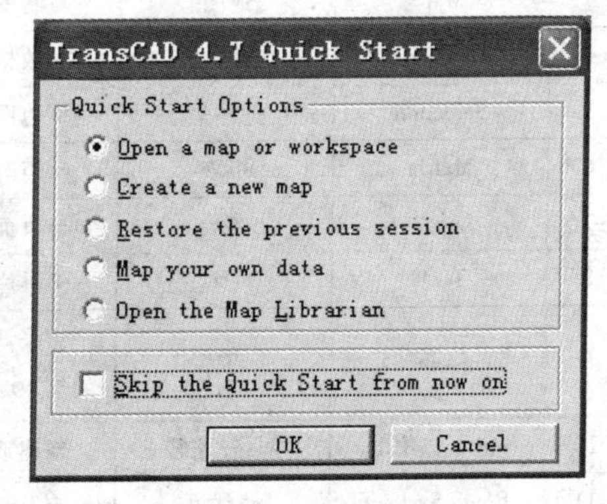

图 1-1 快速启动对话框

3. TransCAD 菜单项

TransCAD 的顶层菜单项共有 17 项，见表 1-1。每个顶层菜单项下都包含若干子菜单项，本章对这些子菜单项的功能不一一介绍，如果在后续练习中使用到，将在相应的部分介绍。

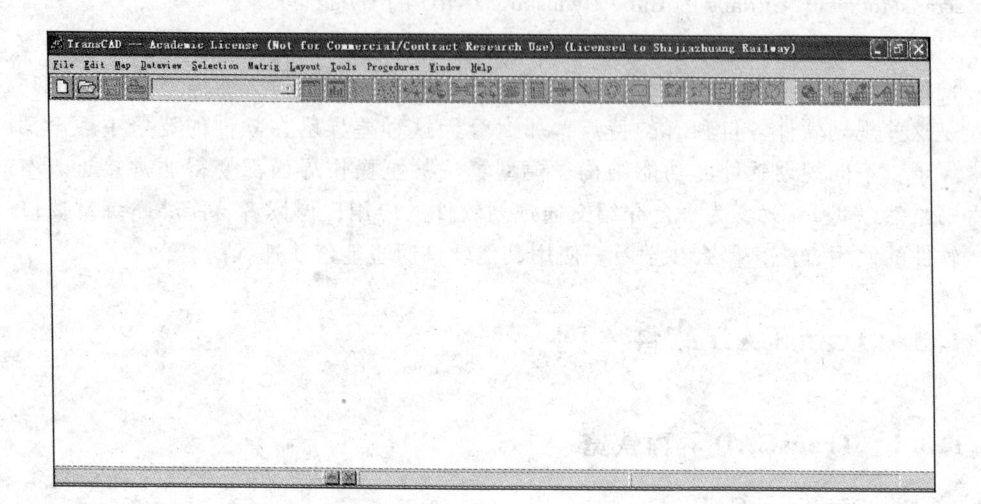

图 1-2 TransCAD 主界面

表 1-1 TransCAD 的菜单项

序号	菜单项	中文含意	包含的主要功能
1	File	文件	新建、打开、保存、关闭、打印文件等
2	Edit	编辑	对数据表的编辑，如填充、查找、删除、排序等
3	Map	地图	与制图有关的操作，如设置图层属性、制作专题图等
4	Dataview	数据视图	对数据表的操作，包括修改表结构、关联数据表等
5	Selection	选择集	从地图或数据表中，按多种条件筛选记录
6	Matrix	矩阵	与矩阵有关的各项操作，如编辑索引、导入数据等
7	Layout	布局	与页面布局有关的操作
8	Tools	工具	工具库，提供地图编辑、地理分析等有用的工具
9	Procedures	程序	显示/隐藏可选菜单项。选择 Show All 后，会出现本表中的第 10 ~ 15 项菜单
10	Networks/Paths	网络/路径	新建或设置交通网络，提供各种路径搜索算法
11	Route Systems	路线系	与路线系有关的功能，主要用于公交网络编辑
12	Planning	规划	包含了需求预测四阶段法的各种模型与算法
13	Transit	公交	与公交网络客流分析有关的功能
14	Routing/Logistics	路线/物流	提供物流设施规划、配送路线优化等模型与算法
15	Statistics	统计	提供基本的数理统计功能
16	Window	窗口	选择、刷新、排列子窗口等
17	Help	帮助	联机和联网帮助、版权信息等

1.3.2　设置 TransCAD 工作环境

在具体使用 TransCAD 之前，最好对 TransCAD 的工作环境进行设置，以适应我们的工作习惯。

在 TransCAD 主界面中，用鼠标选择“Edit→Preferences”菜单项，弹出图 1-3 所示的对话框。

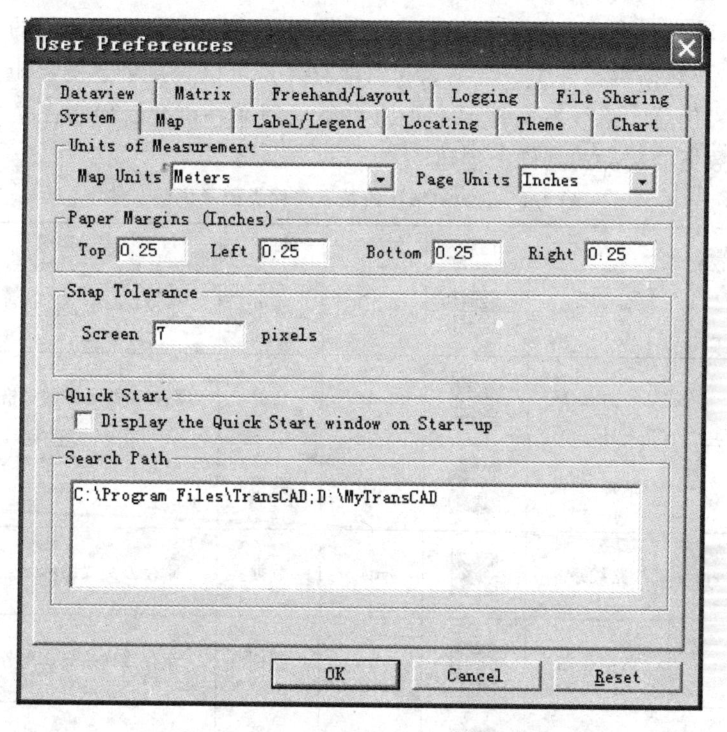

图 1-3　TransCAD 工作环境设置对话框

该对话框中包含了 11 个选项卡。在“System”选项卡中，可以把“Map Units”设置为Meters 或 Kilometers，以和国内常用的地图单位保持一致。在“Search Path”中，可以输入分号后再输入常用的工作路径，如“C：\ Program Files \ TransCAD；D：\ MyTransCAD”。这样可以把本书中使用的练习数据放到“D：\ MyTransCAD”目录中，TransCAD 将在该目录中搜索文件。

在“Logging”选项卡中，主要设置系统日志文件、程序运行报告和临时输出文件的路径，读者可以将其更改为容易找到的路径，如 D：\ MyTransCAD \ Log 等。

其他的选项卡用于设置地图、专题图、矩阵、数据表、图表、图例等的默认样式等，此处不再一一介绍。读者可以自行设置以察看效果，如果要恢复到系统初始状态，只要点击对话框右下方的“Reset”按钮即可。

1.3.3 认识 TransCAD 的文件

TransCAD 可以建立的基本文件类型共有 10 种，能够读取的文件类型有近百种。要熟练掌握 TransCAD，首先需要认识这些文件，并理解它们之间的相互关系。

1. TransCAD 的基本文件类型

TransCAD 的基本文件整体上可以分为数据与视图两大类，它们的详细说明见表 1-2。在数据类文件中，数据表和地理文件是可以直接创建的。矩阵文件要基于数据表创建，路线系文件要基于线类型地理文件创建。而视图类的文件需要在相应数据类文件的基础上创建。

表 1-2　TransCAD 的基本文件类型及说明

文件类型	中文名	图标	扩展名	归类	说明
Table	数据表		bin	数据	储存一般形式的表格数据
Matrix	矩阵		mtx	数据	储存矩阵形式的表格数据
Geographic File	地理文件		dbd	数据	储存点、线、面形式的空间数据
Route System	路线系		rts	数据	储存公交线路和站点数据
Dataview	数据视图		dvw	视图	储存普通数据表的外观
Matrix View	矩阵视图		mvw	视图	储存矩阵数据表的外观
Map	地图		map	视图	储存地理文件、路线系等的外观
Chart/Figure	图表		fig	视图	储存基于数据表的统计图表
Layout	布局		lay	视图	将以上多种视图集合在一起
WorkSpace	工作空间		wrk	其他	同时储存多个窗口以便于管理

2. 数据与视图类文件的关系

数据类与视图类文件的关系是内容与形式的关系，这一点对于理解 TransCAD 的文件系统非常重要。数据是要存储的内容，视图是数据的表现形式。通过视图，可以设置数据的具体表现形式，如用数据视图定义数据表的单元格宽度、字体、颜色等，用地图组织地理文件并定义图层样式、标注等。TransCAD 中各种数据与视图文件的对应关系如图 1-4 所示。

在以上文件中，布局文件是一类特殊的视图文件，它可将多个地图、数据视图、矩阵视图和图表集合在一个页面上，并允许用户添加文字、自制图形以及其他内容。用户能够用布局制作挂图或者报告。

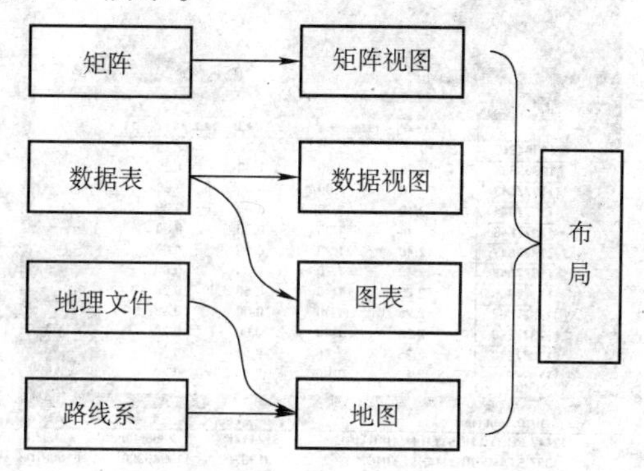

图 1-4　TransCAD 中数据与视图文件的对应关系示意图

3. 窗口与工作空间

TransCAD 程序是典型的 Windows 多文档界面程序，即在大的程序主窗体下包含了若干个子窗口，如图 1-5 所示。TransCAD 的五种视图文件均可以在屏幕上以单独的窗口显示，子窗口的总数量没有限制。在 TransCAD 的 “Window” 菜单项中提供了对这些子窗口排序、刷新和前端显示的功能。

工作空间类型的文件用于组织多个不同类型的文件。在使用 TransCAD 的过程中，用户经常会在屏幕上同时打开几个不同类型的窗口，此时可以用工作空间一次性保存所有打开的窗口。当用户以后打开这个文件时，TransCAD 会重新恢复所有的窗口。这一功能非常便于在进行交通规划时组织大量不同类型的数据，读者应该培养使用工作空间文件的习惯。

4. TransCAD 中的其他文件类型

除了上述基本文件外，TransCAD 还能够导入许多其他软件的数据文件，扩展了 TransCAD 的适用范围。这些文件整体上可以分为三大类，详见表 1-3。

在导入外部文件时要注意以下几点：

1）各类文件的版本时间应低于 TransCAD 当前版本的时间。例如，如果使用 TransCAD 4. 7 版（2004 年发布），那么就不要试图打开在这之后发布的其他软件文件格式，如 DXF 2006。一般的软件都提供了向下兼容的文件储存模式，例如可将 AutoCAD 的文件另存为 DXF 2000 格式，再用 TransCAD 打开。

2）导入数据表文件时出错，很多时候是因为表格内有中文字符，或有合并单元格等复杂格式，应当在原软件中修改后再导入 TransCAD。

3）导入图与地理文件时，坐标系的选择与换算很关键，处理不当会引起地图变形或失真。具体的处理方法因软件而异，可以查阅 TransCAD 及被导入软件的使用手册。

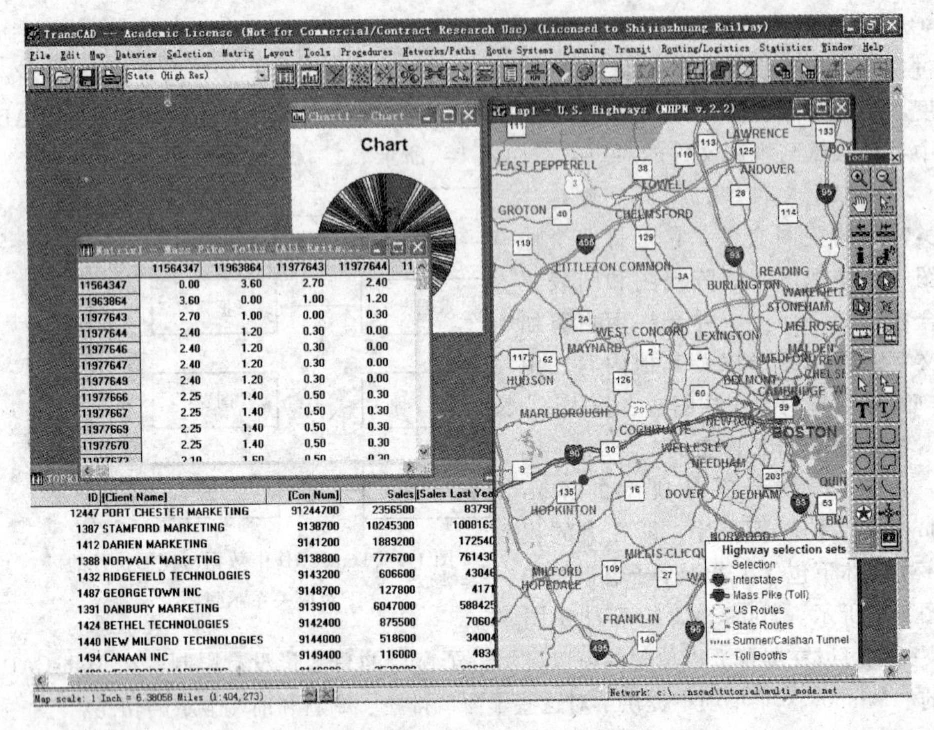

图 1-5 TransCAD 的多文档界面

表 1-3 TransCAD 能够导入的主要文件类型

大类	文件类型	扩展名
表格与数据库类	Excel 表格文件	xls
	dBASE 数据表	dbf
	文本及固定格式文本文件	txt / csv / asc
	ODBC 表及查询	需登录数据源
	Oracle 数据库及空间数据库	需登录数据源
图与地理文件类	栅格图像	jpg / tif / sid / ecw 等
	CAD 图形文件	dxf / dgn 等
	ESRI 地理文件	shp / e00 / lin 等
	MapInfo 地理文件	tab / mif 等
	美国多种地理文件标准格式	
交通规划软件类	EMME/2 文件	in
	MINUTP 文件	dat
	TP + 文件	tpp
	TRANPLAN 文件	trp
	TMODEL 文件	ttb

1.4 本章小结

本章概括介绍了交通规划工作的定义、分类和工作内容，简要介绍了交通规划软件的应用背景、常用软件和发展趋势，并介绍了有关 TransCAD 的基础知识。通过本章的学习，读者应达到如下目标：

1）掌握启动 TransCAD 和设置 TransCAD 工作环境的方法。

2）了解 TransCAD 中各顶层菜单项的功能。

3）认识 TransCAD 的基本文件类型，并理解数据类与视图类文件之间的关系。

4）了解 TransCAD 能够导入的主要文件类型。

第2章　交通调查数据处理与分析

交通调查是整个交通规划工作中的一项重要内容，所调查收集的资料数据具有体量庞大、类型繁多的特点。如何对调查数据进行快速、有效的处理分析，是顺利完成交通规划工作的前提。本章首先简要回顾交通调查工作的基本内容与方法，然后结合案例讲解在 TransCAD 软件中进行交通小区划分、社会经济基础资料处理与分析、交通网络编辑、O-D 调查数据处理与分析以及交通量数据处理与分析的基本方法与操作步骤。

2.1　基本原理与方法

2.1.1　交通调查工作概述

交通调查与数据分析在交通规划中占有重要的地位。对交通系统及其相关系统进行调查，了解交通系统当前存在的问题、掌握交通系统中各种交通现象的发生及发展规律，是制订合理交通规划的基本前提和重要环节。在交通规划的各个阶段，都需要与该阶段相对应的各种各样的来自实际系统的基础数据，以帮助建立模型或检验理论推导的正确性。交通系统的发展变化不仅与其自身的发展变化有关，而且受到土地利用、社会经济发展变化的极大影响。交通规划要适应未来交通的发展，就必须对交通系统现状以及影响交通发展变化的相关因素进行调查分析。因此，交通规划所面临的调查与数据分析是多样的和庞大的，一般要包括规划对象地区的社会经济基础资料、交通需求、交通设施以及交通流量这四方面的调查内容。交通调查与数据分析的工作量及所花费的费用在整个交通规划工作中都占有相当大的比重。进行合理而有效的交通调查与数据分析，是交通规划中的重要课题之一。

2.1.2　交通小区划分

1. 划分交通小区的目的

进行交通规划需要全面了解交通源及交通源之间的交通流，但交通源一般是大量的，不可能对每个交通源进行单独研究。因此，在交通规划过程中，需要将分散的交通源按一定原则就近合并成若干个交通小区。

交通小区是用地性质、居民构成、交通特点相似地区的结合体，是基本的分析单元。从这个意义上来看，交通小区在形式上表现为一个区域，但在逻辑上却被表现为一个点，这个点也可称为小区的质心。

2. 交通小区划分的原则

交通小区划分的原则有如下几点：

1）在准确、全面反映区域交通源流特性的前提下，尽可能减少分区数量。划分交通小区的目的是全面了解交通源流，在这个意义上交通小区划分越小越好。但交通小区划分过小，会使调查、分析、预测等工作量变大，因此必须合理确定分区数量。在城市交通规划中，通常小范围的分区约为3000~5000人；大范围的城市分区约为5000~10000人。交通量分散的郊区可划分得大一些，而交通量集中的市中心区可小一些。

2）交通小区要具有同质性，即区内的土地利用、经济、社会等特性应尽量一致。当然实际中做到这点并不容易，因为土地使用在各区多呈现某种程度的混合发展，并且使用强度也不均匀。

3）尽量以铁路、河川等天然屏障作为分区的界限，不但资料准确而且容易核对。

4）尽量配合行政区（县乡、街道、居委会等）的划分，以方便利用政府的统计资料。

2.1.3 社会经济基础资料调查

社会经济、土地利用状况对交通有直接的影响。对规划对象地区未来社会经济状况进行预测，建立交通需求与社会经济、土地利用的关系都需要历史、现状及规划（或预测）的社会经济基础资料。

社会经济基础资料调查的主要内容一般包括：

(1) 人口调查　主要包括人口数量、年龄分布、职业构成、迁移情况、增长状况等。

(2) 经济调查　主要包括国民生产总值、各产业产值、人均收入、投资状况、产业结构等。

(3) 土地利用调查　主要包括现状及规划各种性质用地的布局、开发状况、建筑密度等。除了上述内容，一些反映用地强度的指标也需要调查，如住户数量、就业岗位数、就学岗位数、商品销售额等。

(4) 车辆保有量调查　主要指机动车保有量，包括载货汽车、载客汽车和私人汽车等。个别分析可能会需要调查非机动车保有量。

以上社会经济基础资料调查一般来说均应包括历史和现状的资料数据，这些资料一般可从统计、公安、规划、交通等政府部门获得。

2.1.4 O-D 调查

1. 基本概念

O-D（Origin-Destination）调查又称起讫点调查，是为了全面了解交通源流发生规律，对人、车、货的移动从出发到终止过程的全面情况，以及有关的人、车、货的基本情况所进行的调查。O-D 调查是交通规划中最基础的调查项目，其结果对于交通系统分析诊断、交通需求预测有重要的影响。

出行是 O-D 调查中的基本概念，它是指人、车、货为完成某一目的从起点到讫点的一次移动。一般来说，出行具备三个基本的属性：①每次出行有起、讫两个端点；②每次出行有一定的目的；③每次出行使用一种或多种交通方式。在日常生活中所说的出行一般是指一次外出及返回的过程，需注意这种概念与交通规划中出行概念的区别。此外，在交通规划中往往关心的是具有一定长度的出行，这一长度与规划对象区域的大小有关。例如，在城市交通规划中，这一长度可能是超过 400 m；而在区域交通中则可能是超过 5 km。少于这一长度的出行在交通调查及后续的需求分析中不予考虑。

2. 调查内容

O-D 调查的基本内容应该包括：

1）出行主体的信息。在居民出行 O-D 调查中，需要了解出行者的职业、年龄、性别、收入等信息；而在车辆出行 O-D 调查中，则需要了解车辆的类型、吨位或载客量等。

2）出行信息，包括一天中各次出行的起点、讫点、时间、距离、出行目的、出行方式等。

3. 调查方法

居民出行 O-D 调查多采用家访调查法，个别采用问卷或明信片调查法、电话询问法等。车辆出行 O-D 调查则可采用收发表格法、路边询问法、登记车辆牌照法等。注意不同调查方法的工作量、成本、回收率及精度等有所不同，实际规划工作中应根据建模需要与费用条件进行适当选择。

4. 调查资料整理

O-D 调查的数据一般是大量的，资料整理与分析的工作量十分繁重，必须借助计算机。为了有利于计算机的处理，首先要人工对回收来的大量调查表进行验收、编码、录入、放大等初步整理工作。

5. 调查数据初步分析

对整理后的 O-D 调查内容，一般需要分析出以下结果：

1）各分区的出行产生、吸引量。

2）出行分布量，即各分区之间的出行量。

3）出行时间和距离分布等。

6. 调查结果的表达

经过初步分析后的O-D调查结果，可以用各种直观的形式表现出来，这些形式有：

1）O-D表。表现为矩阵形式。

2）期望线图。用两分区之间的连线粗细大致代表出行量的大小。

3）统计图。用柱状图等表示各分区中的出行量。

4）相关曲线。如出行时间分布曲线、出行距离分布曲线等。

7. 调查质量的评判

O-D调查包含抽取样本、实施调查、样本放大、统计分析、数据处理等一系列工作阶段，是一个从总体到样本，再从样本到总体的过程。在这个工作过程中，不可避免地会产生抽样误差、观测误差以及计算误差等。因此，对调查分析结果进行核查评判就显得十分必要。目前常采用的O-D调查质量评判方法主要有核查线法、抽查法及互相核对法三种，此处对实际工作中采用较多的核查线法进行简要介绍。

核查线是专为校核O-D调查成果的精度而在调查区内部按天然或人工障碍设定的调查线，可设一条或多条，将调查区划分成几个部分。在实施O-D调查的同时，通过实测穿越该线的各条道路断面上的交通量，并将之与O-D调查结果中穿越该核查线的出行分布量进行比较，即可达到校核O-D调查结果精度的目的。

2.1.5 交通设施调查

1. 调查目的

交通设施调查的目的主要有以下两点：

1）评价现状交通网络技术性能，如长度、密度、能力、级配等。

2）为交通系统供给建模提供数据。交通系统包含供、需两方面的要素，交通需求作用在交通网络（供给方）上方能产生交通流量，因此对交通流量进行分析之前必须首先建立交通网络模型，这就需要通过交通设施调查提供基础数据。

2. 调查内容

1）交通网络拓扑结构与技术参数信息，包括交通网络中所包含的路段及其连接关系，路段的等级、长度、宽度、车道、分隔方式、设计车速等，交叉口的类型、位置等。对于公共交通与轨道交通，还应调查线网布局、站点设置、车辆配备、公交场站设置情况等。

2）交通设施的管理方式与措施等信息，包括交叉口与路段的运行控制方式，道路与停车设施的收费标准，公交线路的营运时间、发车间隔及票价等。

3. 调查方法

交通设施调查所需要的各项数据大部分都可以到规划、市政、公交等部门查询得到，必要时需要进行一些补充性的实地勘测。

2. 1. 6 交通量调查

1. 调查目的

交通量调查是为了获得车辆或乘客在交通网络上运动情况的真实数据，调查结果主要有以下几方面的作用：

1）评价现状交通网络运行状况。

2）标定交通分配模型中的关键参数。

3）为设计未来交通网络规划方案提供依据。

4）校核 O-D 调查成果的精度。

5）通过路段交通量反推出行分布量，这一部分内容将在 6. 1. 5 节介绍。

2. 调查内容

1）机动车、非机动车流量调查。包括主要路段分车型、分时段的机动车、非机动车流量；主要交叉口分车型、分时段、分流向的机动车、非机动车流量等。

2）公交客流调查。主要包括各条公交线路分时段、分站点的上下车乘客数量及断面客流量。

3）行人流量调查。主要行人聚集区、关键路段和交叉口的分时段、分流向行人通过量。

4）核查线流量调查。调查穿过核查线的（双方向）机动车、非机动车、行人、公交客流等流量。

3. 调查方法

（1）人工采集 通过调查员手工或机械计数的方式观测并记录交通流量。采用这种调查方法时，调查人员的劳动强度较大，调查数据可靠性低，调查过程的组织也非常复杂。

（2）自动采集 指利用声、光、电、磁、视频、机械等形式的调查仪器，自动进行交通流量的观测记录。这类调查方法的优点是人力成本低、调查数据可靠性高，但目前的技术手段对于非机动车、行人流量还难以准确采集。

2. 2 交通小区划分

2. 2. 1 新建面类型地理文件

启动 TransCAD 后，鼠标点击顶部工具栏的🗋按钮，弹出“New File”对话框。选择列表框中的 Geographic File 选项，点击“OK”按钮。此时弹出“New Geographic File”对话框，在“Choose a Type of File”下选择“Area Geographic File”，在“Layer Settings”下的“Name”文本框中输入小区图层的名称“TAZ”，然后点击“OK”按钮。此时弹出一个“Attributes for New Layer”对话框，如图2-1所示。

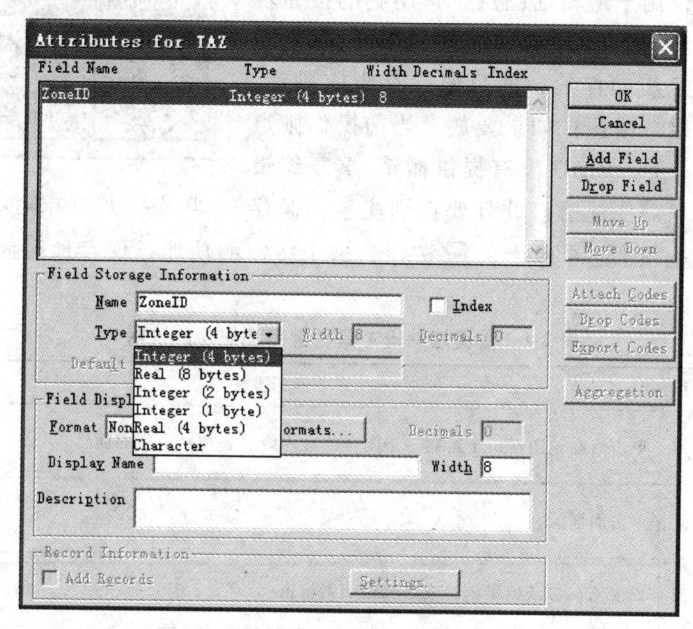

图2-1 新图层属性对话框

在 TransCAD 中，系统为每个地理文件的图层分配一个属性表，以记录该图层中各要素的属性数据。每个属性在表格中用一个字段（Field）来记录，该字段具有名称、数据类型和宽度等。用户在输入属性字段时，名称可以自定义，数据类型可以在整数型（Integer）、实数型（Real）和字符型（Character）三者之间选择，字段宽度可以根据将来输入数据的最大长度确定。

在本例中，点击“Add Field”后，在“Name”文本框中输入“ZoneID”，即小区编号；在“Type”下拉列表框中选择“Integer（4 bytes）”，然后，点击“OK”。此时 TransCAD 弹出“Save As”对话框，提示保存刚才新建的面类型地理文件。可以将这个文件保存在容易找到的位置，例如“D：\ MyTransCAD”之下，然后输入文件的名字“TAZ”。注意最好为地理文件单独新建一个子文件夹，因为 TransCAD 的地理文件会附带很多索引、表格等文件，容易和其他文件相混淆而引起不必要的麻烦。

本例使用的交通分区地理文件是练习数据中的“TAZ. dbd”文件，读者可以在 TransCAD 中打开它，并对它进行修改。

2.2.2 编辑面类型地理文件

在完成以上操作步骤后，TransCAD 会弹出一个新地图窗口。用鼠标点击顶部工具栏右侧的按钮，会弹出“Map Editing”工具栏，如图 2-2 所示。

该工具栏用于编辑面图层，常用到的按钮说明见表 2-1。

图 2-2 面图层编辑工具栏

在完成每步操作后，如果要保存当前操作，一定要点击绿灯按钮；如果要放弃当前操作则点击红灯按钮。TransCAD 没有提供撤销/重复编辑的功能，这点需要注意。此外要特别注意，保存编辑时不是按顶部工具栏上的按钮，这个按钮的功能是保存地图而不是地理文件数据。

表 2-1 面图层编辑工具栏常用按钮功能说明

按钮	名称	使用方法
	添加	单击后在地图窗口上绘制一条闭合的边界线，添加一个新的面
	删除	单击面删除它
	修改	单击面，显示编辑柄；拖动编辑柄来编辑
	绿灯	单击保存编辑
	红灯	单击取消编辑

下面练习用面图层编辑工具编辑图 2-3 所示的交通分区图，以熟悉面图层编辑的方法。

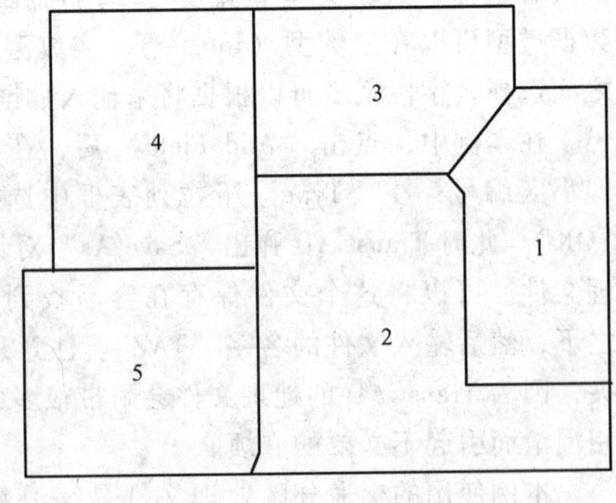

图 2-3 练习用交通分区示意图

2.2.3 为小区图层输入属性数据

完成面对象编辑后，需要为小区图层输入属性数据。

在当前地图窗口环境下，点击右侧“Tools”工具栏上的按钮（如果找不到这一工具栏，可以先点选

“Tools→Toolbox”菜单项），然后再用鼠标点击某个小区，此时会弹出图 2-4 所示的数据视图窗口。在 ZoneID 单元格中输入该小区编号，然后按键盘上的 Enter 键，即完成了一个小区的编号数据输入。用同样的方法可以输入所有小区的编号数据。

注意在图 2-4 中，除了开始输入的 ZoneID 字段外，还多了 ID 和 Area 两个字段。这两个字段是系统为面图层设置的两个默认字段，请不要删除或修改它们。这里的 ID 取值取决于小区建立的先后顺序，用户不能自由控制。为此，需要设置一个 ZoneID 字段，这样就可以按照用户自定义的规则输入小区编号。

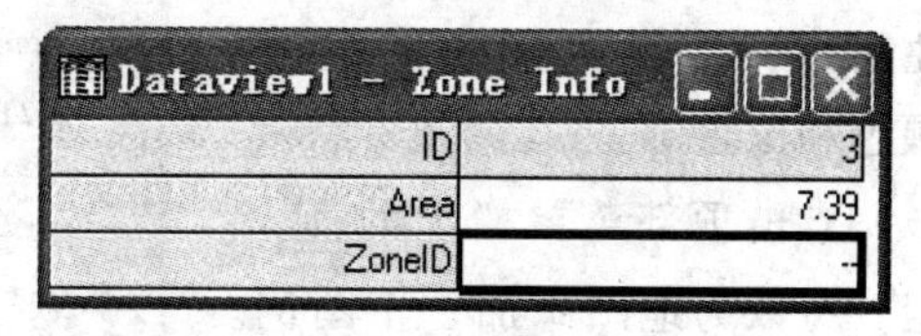

图 2-4　输入小区编号数据的数据视图窗口

2.2.4　设置小区地图的显示样式

点击顶部菜单栏上的按钮，或在地图上单击鼠标右键选择菜单中的“Layers”项，可弹出图 2-5 所示的图层设置对话框。

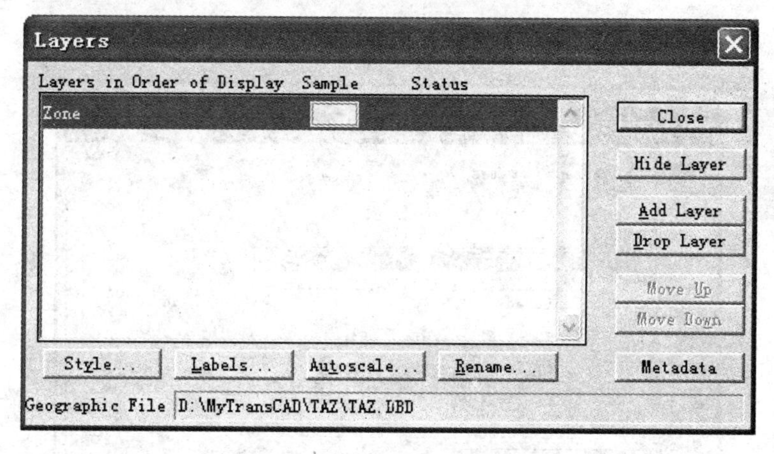

图 2-5　图层设置对话框

在图层设置对话框中，列表框内显示了各图层的名称与状态。右侧的按钮可以显示、隐藏、添加或删除某个图层，还可以移动图层的叠放顺序等。下部的按钮是设置图层的样式和标注，也可以修改图层的显示比例和重新命名图层。此处重点介绍图层样式和标注两项功能。

点击图 2-5 中的“Style”按钮，弹出图 2-6 所示的图层样式设置对话框。在此对话框中，用户可以定义小区边界线的线型、宽度、颜色以及填充的样式和颜色。

点击图 2-5 中的“Labels”按钮，弹出图 2-7 所示的图层标注对话框。在此对话框中，用户可以选择用某个字段的值标注图层，并设置标注的字体、颜色和位置等。

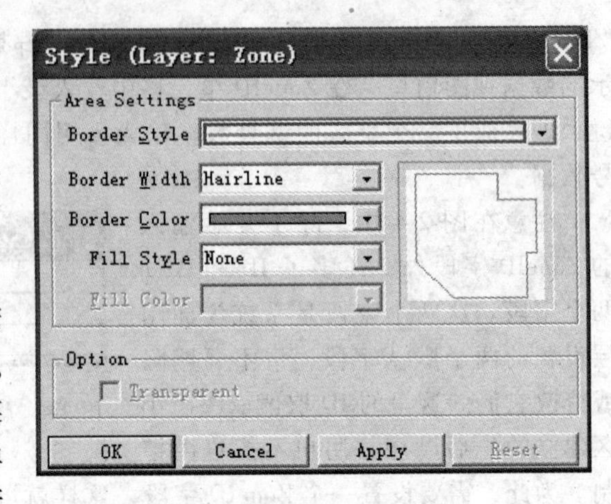

图 2-6　图层样式设置对话框

点击顶部菜单栏上的按钮，可以为地图添加一个图例。在图例上单击鼠标右键选择菜单中的“Properties”选项，弹出图例设置对话框，如图 2-8 所示。

在图例设置对话框中，“General”选项卡下可以设置图例的标题、脚注、比例尺样式、是否帖附于地图之上等，一般为了方便保存地图，可以选择“Attached to Map”;“Contents”选项卡下可以设置图例包含的具体内容与名称；“Contents”选项卡下可以设置图例中的显示字体。

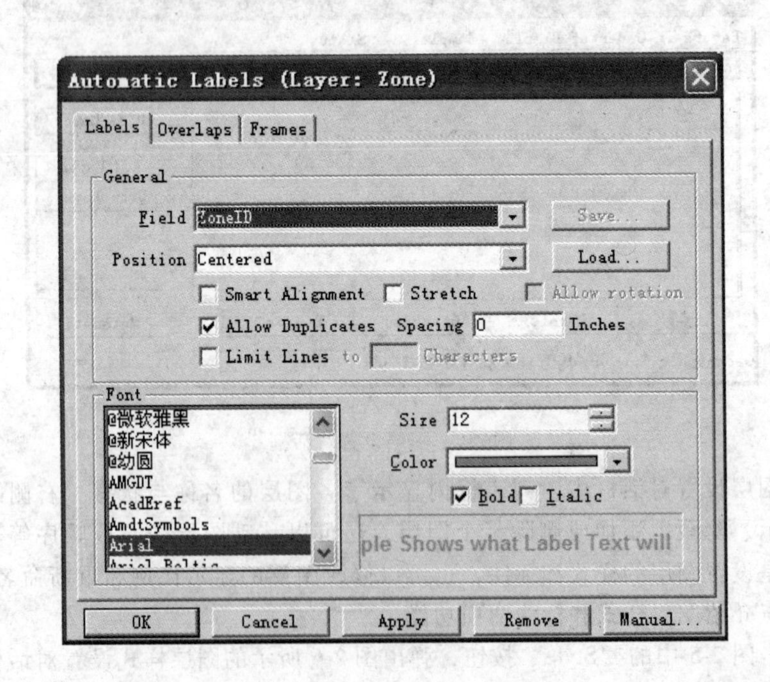

图 2-7　图层标注对话框

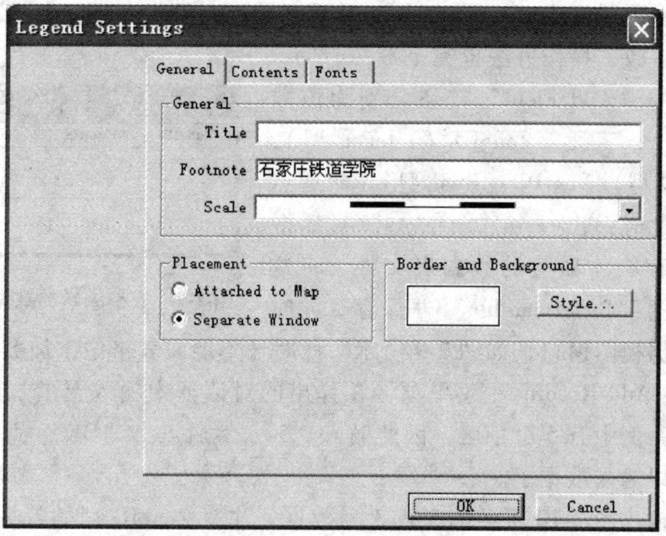

图 2-8　图例设置对话框

2.2.5　保存地图

完成前述地图编辑与显示样式设置后，就可以保存交通分区地图了。

点击顶部工具栏上的按钮，TransCAD 会弹出一个 “Save As” 对话框，在此选择保存地图的名称、路径，即可将地图储存到磁盘中。TransCAD 中地图文件与地理文件的关系可以参看 1.3.3 节，一般储存地图的目的是为了保留所设置的地图显示样式，否则每次打开地理文件都要重新设置各种样式。此外，地图也有组织地理文件的作用，一个地图中可以包含任意多个图层（地理文件）。

此外，还可以用 “File→Save As” 菜单项功能，将当前显示的地图另存为 BMP、JPG 等格式的图像文件，便于将地图插入 Word 等软件中制作报告。

2.3　社会经济基础资料处理与分析

2.3.1　建立和编辑数据表文件

交通规划调查中的社会经济基础资料多是与小区相关的数据表格，如各区的人口、产值等。在 TransCAD 中，可以用数据表文件储存这些基础资料。

启动 TransCAD 后，鼠标点击顶部工具栏的按钮，弹出 “New File” 对话框。选择列表框中的 Table 选项，点击 “OK” 按钮。此时弹出 “New Table Type” 对话框，在 “Choose a Type of Table” 下选择 “Fixed-format binary”，然后

点击“OK”。此时弹出“New Table”对话框，该对话框与图 2-1 中的图层属性对话框基本一致，操作方法也完全一样。

用右侧的“Add Field”按钮分别为该数据表输入三个字段：ZoneID（Integer 型），People（Real 型）和 GDP（Real 型）。然后点击“OK”。此时弹出一个“Save As”对话框来，提示保存刚才新建的数据表文件。将这个文件命名为“BaseData. bin”并保存。此时弹出一个数据视图窗口，如图 2-9 所示。此时还不能向表格中添加数据，必须先选择“Edit→Add Records”菜单项，在弹出的对话框中输入要增加的数据记录条数。在本案例中有 5 个小区，因此输入“5”，然后点击“OK”。此时的数据视图窗口就可以输入数据了。

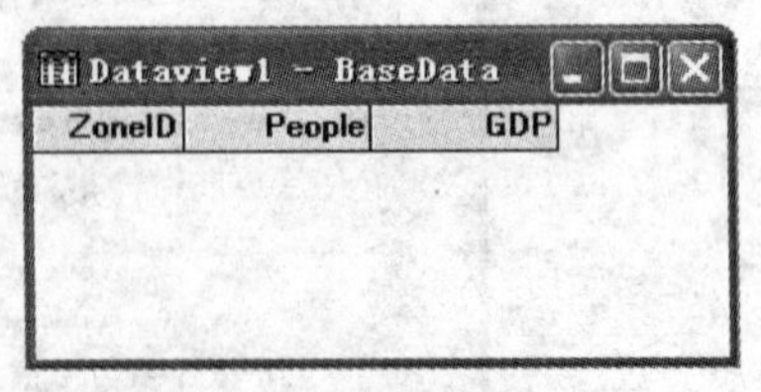

图 2-9　表格编辑的数据视图窗口

请读者输入图 2-10 所示的 5 行 3 列数据，注意 ZoneID 列的数据必须是从 1 到 5，否则下一步无法连接到地图。也可以打开练习数据中的“BaseData. bin”文件，进入下一步操作。

在数据视图中，选中某一列的标题后，该列变成黑色，然后点鼠标右键会弹出一个快捷菜单来。在此菜单中，可以对该列数据进行排序（升序/降序）、查找、清除、填充、隐藏、显示、锁定等操作，还可以对数据表字体、边框等格式进行设置，读者可自行实验。

Dataview1 - B...

ZoneID	People	GDP
1	220.00	15.00
2	300.00	25.00
3	250.00	30.00
4	180.00	30.00
5	210.00	20.00

图 2-10　各小区人口与经济产值数据

当需要修改表格的字段（列）属性时，可以选择“Dataview→Modify Table”菜单项，此时会弹出“Modify Table”对话框。该对话框与图 2-1 中的“图层属性对话框”基本一致，操作方法也类似。用户可以在此添加、删除字段或修改字段属性。

在编辑的过程中，数据表中的数据会自动保存到 bin 文件中。如果要保存数据表格式，可以点击顶部工具栏上的按钮，TransCAD 会弹出“Save As”对话框。在文件类型中选择“Dataview file（＊. dvw）”，可以保存当前的数据视图。也可在文件类型中选择“dBASE file（＊. dbf）”，将数据表另存成一个 dBASE 文件，这种文件可以在 Excel 软件中直接打开。

2. 3. 2　将数据表连接到地图

在 TransCAD 中打开 2. 2 节中建立的小区地理文件 TAZ. dbd，同时打开基础资料数据表文件 BaseData. bin。选择“Dataview→Join”菜单项或顶部工具栏上的按钮，此时会弹出数据连接对话框，如图 2-11 所示。

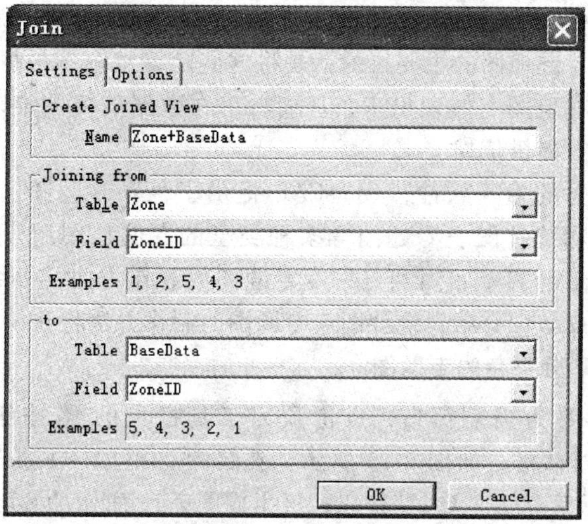

图 2-11 数据连接对话框

在数据连接对话框中，从“Joining From”下拉列表中选择小区图层“Zone”，从“Field”下拉列表中选择要连接的字段名，此处选择“ZoneID”。从“to”下拉列表中选择数据表“BaseData”，从“Field”下拉列表中选择匹配的字段，此处也选择“ZoneID”。点击“OK”按钮，此时 TransCAD 会弹出连接后的数据视图来，如图 2-12 所示。

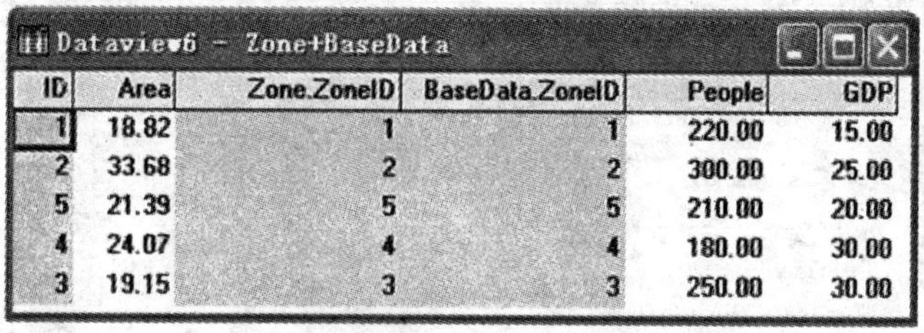
Dataview6 - Zone+BaseData

ID	Area	Zone.ZoneID	BaseData.ZoneID	People	GDP
1	18.82	1	1	220.00	15.00
2	33.68	2	2	300.00	25.00
5	21.39	5	5	210.00	20.00
4	24.07	4	4	180.00	30.00
3	19.15	3	3	250.00	30.00

图 2-12 连接后的数据视图

该数据视图将小区图层数据与各小区的基础资料数据建立起了动态的连接，用户可以将这个连接当作一个表处理。对该数据视图中的单元格数据所作出的改动，将自动储存到与之相连接的数据表中。当关闭该数据视图后，两个表的连接关系将自动消失。用户也可以使用“Dataview→Drop Join”菜单项取消一个数据连接，前提是这个连接没有正在被地图使用。

2.3.3 创建基于小区的专题地图

将数据表连接到地图后，就可以制作专题地图来对数据进行显示和分析了。专题地图是突出显示一种或几种自然社会经济现象空间分布规律的地图。

在交通规划工作中，大量以表格形式表现的数据变化规律并不是总能直观的展现在人们面前，专题地图的主要目的就是将这些隐藏于统计数据中的有用信息，以更直观的形式在地图上体现出来，从而看出在数据表格中难以发现的模式和趋势，为用户决策提供依据。

作为一款优秀的 GIS 软件，TransCAD 提供了色彩专题图、点密度专题图、等级符号专题图和统计图表专题图等多种类型的专题地图用于展示用户数据。下面结合案例介绍色彩专题图和点密度专题图的制作方法，等级符号专题图的制作方法将在 2.6 节中介绍，统计图表专题图的制作方法将在 3.2 节进行介绍。

1. 制作 GDP 分布色彩专题图

将小区地图置为当前窗口，点击顶部工具栏上的按钮，此时会弹出“Color Theme”对话框，如图 2-13 所示。在该对话框的“Field”下拉列表中，选择“GDP”，然后点击“OK”按钮，可生成图 2-14 所示的 GDP 分布色彩专题图。在该对话框中，还可以进行色彩分级方法选择（Method 列表）、分级数量控制（Classes 列表）、各级色彩样式（Styles 选项卡）等详细设置，读者可以自行实验。如果要删除此专题图，可点击对话框下方的“Remove”按钮。

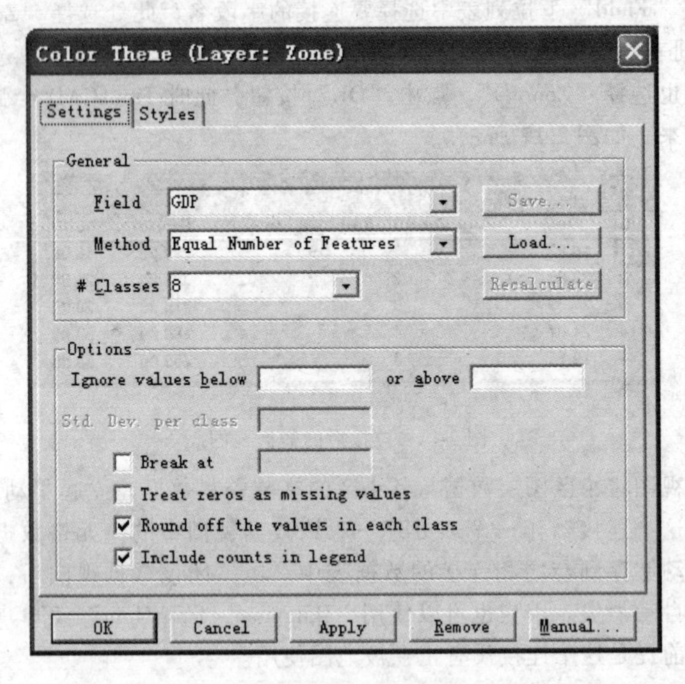

图 2-13 色彩专题图对话框

2. 制作人口分布点密度专题图

将小区地图置为当前窗口，点击顶部工具栏上的按钮，此时会弹出“Dot

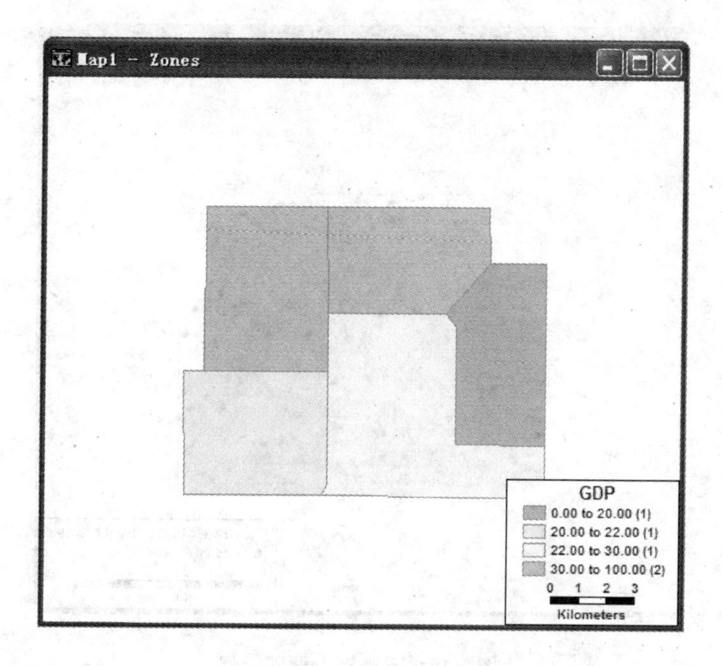

图 2-14 色彩专题图示例

Density Theme”对话框，如图 2-15 所示。在“Field”下拉列表中，选择“People”，然后点击“OK”按钮，生成图 2-16 所示的人口分布点密度专题图。此对话框中的“Styles”选项卡中可以设置点的色彩、样式等，读者可自行实验。如果要删除此专题图，同样是点击“Remove”按钮。

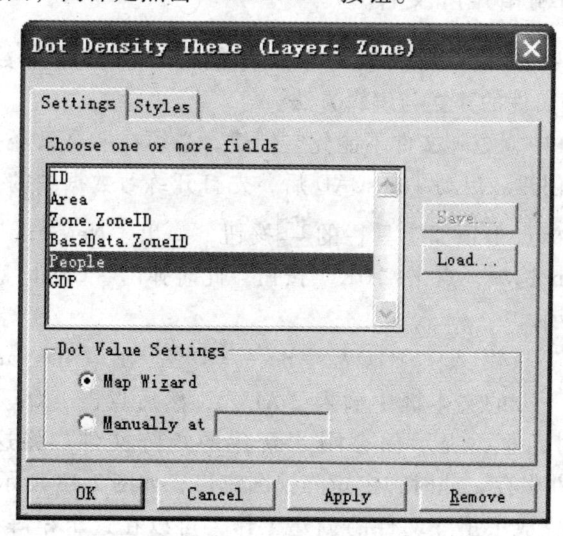

图 2-15 点密度专题图对话框

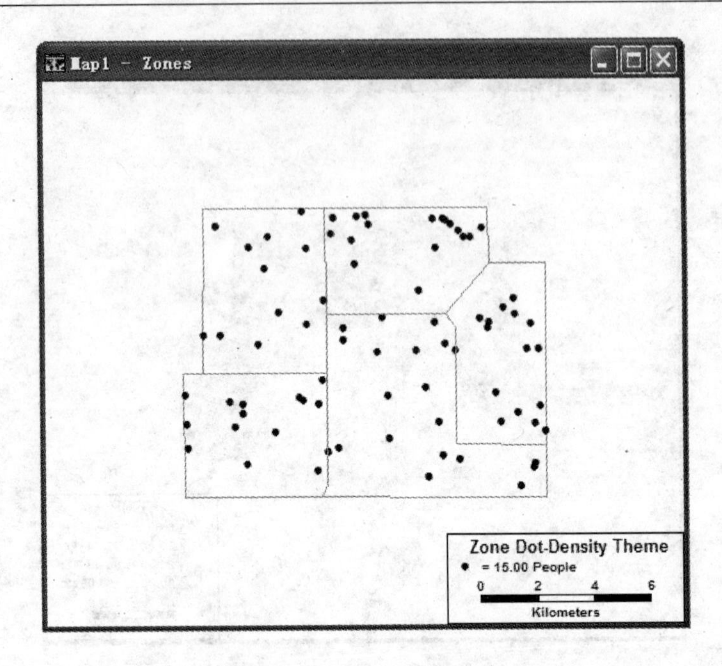

图 2-16 点密度专题图示例

2.4 O-D 调查数据处理与分析

2.4.1 建立和编辑矩阵文件

O-D 调查的数据主要是以矩阵形式存储的出行分布量数据，本节介绍 TransCAD 中矩阵文件的建立与编辑方法。

在 TransCAD 中，矩阵文件不能凭空创建，必须在一个已经打开的表格或地图文件的基础上创建。启动 TransCAD 后，先打开练习数据中的“BaseData. bin”文件，然后用鼠标点击顶部工具栏的按钮，弹出“New File”对话框。选择列表框中的 Matrix 选项，点击“OK”按钮。此时弹出“Create Matrix File”对话框，如图 2-17 所示。

在“Name”中输入“UTOWN Base OD”，在“IDs are in”中选择“ZoneID”，在最下方的文本框中输入“ALL”，然后点击“OK”按钮。此时弹出“Save As”对话框，提示保存刚才新建的矩阵文件。将这个文件命名为“BaseOD. mtx”并保存。此时弹出矩阵视图窗口，如图 2-18 所示。

至此，已经完成了矩阵文件的创建工作，可以在这个矩阵视图中输入 O-D 矩阵中各元素的值。在矩阵视图中，每一行的标题表示出行的起点，每一列的标题表示出行的终点，一个单元格表示从对应行起点到列终点的出行量或距离

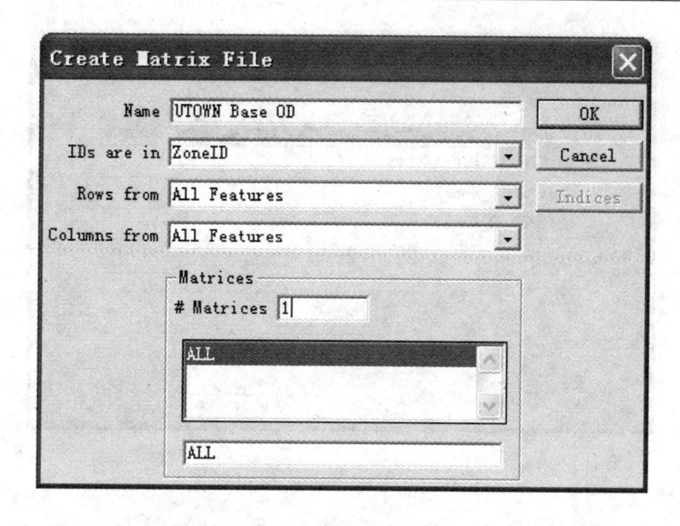

图 2-17　新建矩阵对话框

Matrix56 - UTOWN Base OD:1 (ALL)

	1	2	3	4	5
1	--	--	--	--	--
2	--	--	--	--	--
3	--	--	--	--	--
4	--	--	--	--	--
5	--	--	--	--	--

图 2-18　矩阵视图窗口

等。

2.4.2　从其他数据中导入矩阵文件

实际交通规划工作中，所调查的 O-D 矩阵往往是庞大的。例如，对于划分了一百个交通小区的城市来说，其出行分布矩阵的元素就有一万个，用户不可能逐个去手工输入。因此，有必要学习从其他数据中导入矩阵文件的方法。

进行 O-D 调查后，汇总得到的原始数据通常是“起点”、“终点”、“出行量”的三列数据表形式，TransCAD 中可将这类数据导入到矩阵文件中。

在 TransCAD 中打开练习数据中的“ODSurvey. xls”文件，这是一个 Excel 文件。此时弹出一个“Choose Excel Sheet”对话框提示用户选择 Excel 表中的工作簿。选择“BaseOD”，点击“OK”按钮。软件提示将此文件另存为一个“ODSurvey. bin”文件，点击“OK”按钮后出现该数据表的数据视图。该数据表有三列，分别是“O_ZoneID”、“D_ZoneID”和“Trips”。

选择“Matrix→Import”菜单项，弹出“Matrix Import Wizard”对话框，点击“Next”按钮，出现图 2-19 所示的对话框。

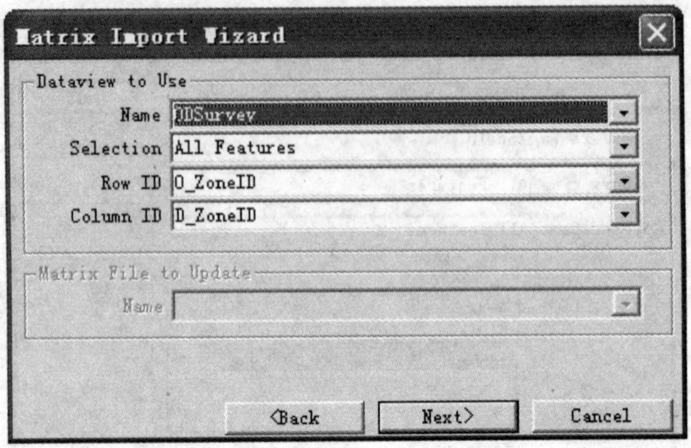

图 2-19 矩阵导入向导对话框

在“Row ID”中选择 O_ZoneID，“Column ID”中选择 D_ZoneID，点击“Next”按钮。在弹出的新对话框中选择 Trips，然后点击“Finished”。此时软件提示将此文件另存为一个矩阵文件，将它保存后点击“OK”按钮，出现导入后矩阵的视图窗口。数据导入工作至此完成。

2.4.3 导出矩阵文件到 Excel

与导入矩阵的操作相对应，选择“Matrix→Export”菜单项，弹出“Matrix Export”对话框，点击“OK”按钮后，软件提示将导出的矩阵文件保存起来。注意此时不再选择默认的 bin 文件类型，而是选择“dBASE file（*.dbf）”文件类型，并在“File name”中输入“ODExport. dbf”后保存。

在 Excel 中打开“ODExport. dbf”文件，选择“数据→数据透视表和数据透视图”菜单项（本书以 Excel 2003 版为例，使用其他版本 Excel 的读者请自己查找这一功能），在弹出的对话框中直接点击“完成”按钮，此时 Excel 的界面变为图 2-20 所示的形式。

按照 Excel 的提示，分别将“O_ZoneID”、“D_ZoneID”和“Trips”三个字段拖至右侧的“行字段”、“列字段”和“数据项”的位置，得到图 2-21 所示的 O-D 矩阵。数据导出工作至此完成。

2.4.4 制作期望线图

在 TransCAD 中，对于 O-D 矩阵数据也可以用专题地图的形式进行展示，这种专题地图就是期望线图。

启动 TransCAD，打开练习数据中的“BaseOD. mtx”矩阵文件和“TAZ. dbd”小区地图。选择“Tools→Geographic Analysis→Desire Lines”菜单

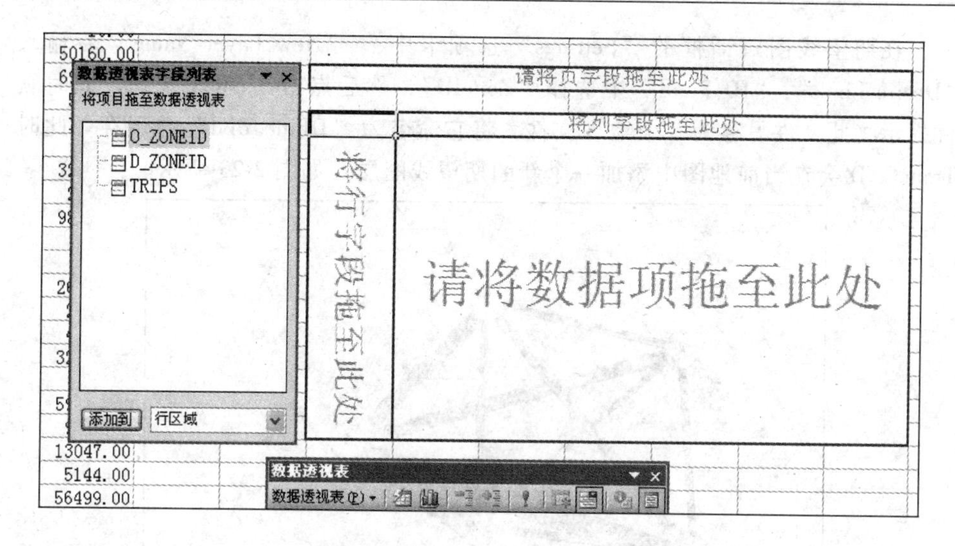

图 2-20　Excel 的数据透视功能

求和项:TRIPS	D_ZONEID					
O_ZONEID	1	2	3	4	5	总计
1	36597	430	338	88	10	37463
2	50160	69096	5030	1512	240	126038
3	32939	2426	98383	948	322	135018
4	26732	2779	4075	32685	311	66582
5	59327	9588	13047	5144	56499	143605
总计	205755	84319	120873	40377	57382	508706

图 2-21　在 Excel 中显示 O-D 矩阵

项，弹出图 2-22 所示的“Desire Lines”对话框。

Desire Lines
Settings　Matrix
New Layer
Name　Desire Lines
Input Layer
Name　Zone
From　All Records
To　All Records
ID Field　ZoneID
OK　Cancel

图 2-22　期望线图对话框

在期望线图对话框的“Settings”选项卡中，“New Layer Name”后输入“Desire Lines”，“ID Field”中选择“ZoneID”，然后点击“OK”按钮。此时软件提示将此文件另存为一个地理文件，将它命名为“DLine. dbd”并保存。此时TransCAD会在当前地图中添加一个新的期望线图层，如图2-23所示。

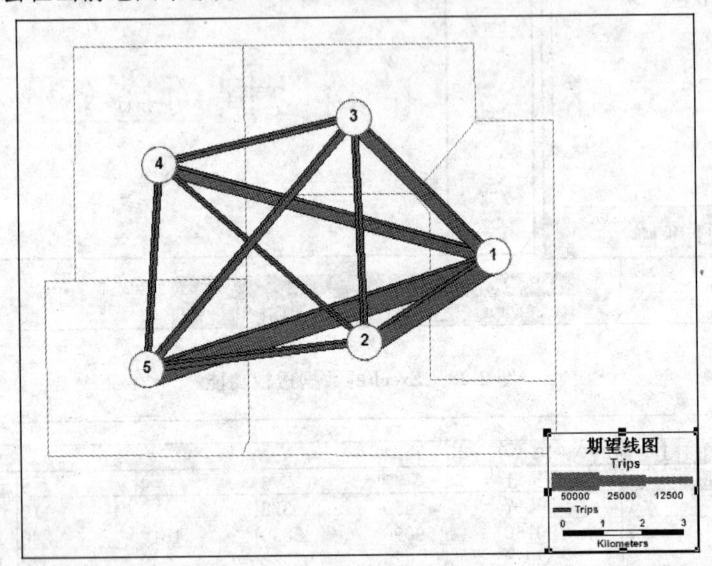

图 2-23 期望线图示意图

期望线图可以直观地显示小区之间出行分布量的大小，它是一种特殊的等级符号专题图。如果用户想要修改期望线图的颜色、线条宽度等，可以通过点击顶部工具栏中的按钮完成。

2.5 交通网络编辑

在2.2节中学习了交通小区（面类型地理文件）的编辑方法。在TransCAD中，交通网络可以用线类型的地理文件表达，它的创建与编辑方法与面类型地理文件是非常类似的。

2.5.1 新建线类型地理文件

启动TransCAD后，鼠标点击顶部工具栏的按钮，弹出“New File”对话框。选择列表框中的“Geographic File”选项，点击“OK”按钮。此时弹出“New Geographic File”对话框，如图2-24所示。

在“Choose a Type of File”下选择“Line Geographic File”，在“Layer Settings”下的“Name”文本框中输入路段图层的名称“Street”，在“Endpoint

Layer Settings”下的“Name”文本框中输入路段节点图层的名称“Node”，注意一定要勾选上“Create a Table for endpoint data”，然后点击“OK”按钮。

此时先弹出一个“Attributes for Street”对话框，在此对话框中为路段图层建立四个属性数据字段，分别是 Type（路段类型，Integer 型）、Speed（设计车速，Real 型）、Time（行驶时间，Real 型）、Capacity（通行能力，Real 型），然后点击“OK”按钮。

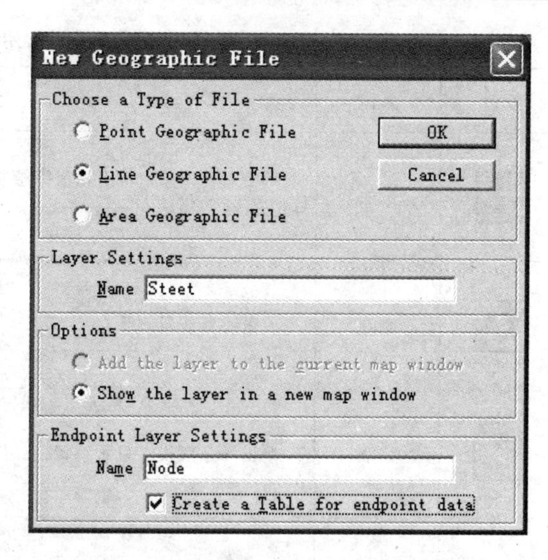

图 2-24 新建线类型地理文件对话框

此时又弹出一个“Attributes for Node”对话框，在此对话框中为节点图层建立一个属性数据字段 ZoneID（小区编号，Integer 型），然后点击“OK”按钮。此时 TransCAD 弹出“Save As”对话框，提示保存刚才新建的线类型地理文件。同样，需要为它单独建立一个文件夹进行保存。

2.5.2 编辑线类型地理文件

在完成以上操作步骤后，TransCAD 会弹出一个新地图窗口。用鼠标点击顶部工具栏右侧的按钮，会弹出“Map Editing”工具栏，如图 2-25 所示。

该工具栏用于编辑线图层，常用到的按钮说明见表 2-2。

线图层编辑方法与点图层非常类似，此处不再过多介绍，读者可自己进行实验。本小节所用的交通网络数据来自练习数据中的“Street. dbd”文件。在这里需要特别提醒的有以下几点：

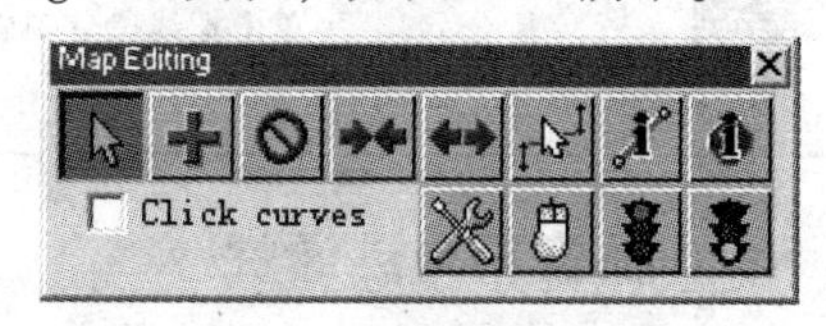

图 2-25 线图层编辑工具栏

1）在根据交通网络地图编辑线图层时，最好不要一次输入整条“道路”，而是应该分段输入“路段”，即遇到一个交叉口，就双击一次鼠标，然后再单击开始下一条路段的输入。如果一次输入整条道路，很可能造成路网不连通。

2）在编辑路段时，应随时注意按绿灯进行保存（而不是），不要等到所有路段全部输完后再保存，因为中间一旦出现程序错误，将前功尽弃。

3）如果在下次打开地理文件时找不到节点图层，可以用右键菜单调出“Layers”对话框，将隐藏的节点图层显示出来。

表 2-2 线图层编辑工具栏常用按钮功能说明

按钮	名称	使用方法
	添加	单击后在地图窗口上用鼠标绘制一条线段（最后一下要双击，中间单击的点是线段的轮廓点）
	删除	单击一条线段删除它
	修改	单击一条线段，显示编辑柄；拖动编辑柄来编辑
	绿灯	单击保存编辑
	红灯	单击取消编辑
	合并	单击两条线交叉的终点，合并为一条线
	拆分	单击把线段分割成两段

2.5.3 检查路网连通性

在完成线地理文件编辑后，交通网络已初具雏形。此时还需要检查路网的连通性，即查看是否有虚接的线段或不连通的节点，以避免将来在进行交通分配时出现错误。

设置当前图层为“Street”（方法是在顶部工具栏的下拉列表框中选择图层名字），然后选择“Tools→Map Editing→Check Line Layer Connectivity”菜单项，此时会弹出“Check Line Layer Connectivity”对话框，如图 2-26 所示。

在弹出的对话框中的“Threshold”后输入一个适宜的距离阈值，TransCAD 将会检查这个距离内是否有悬挂节点或虚接线段，如果有将会在地图上用颜色高亮提示。用户根据提示去修改有问题的节点，完成之后再运行此功能进行检

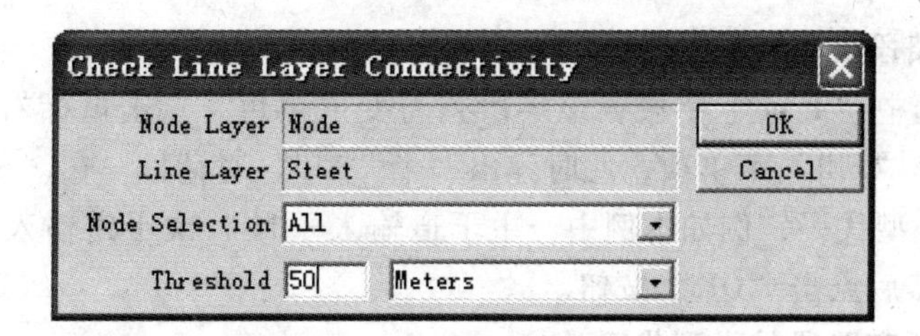

图 2-26　路网连通性检查对话框

查，直到没有问题。注意“Threshold”不要输入得太大，否则会把一些正常的节点也判断为有连通性问题，一般可取 50 m 左右。

该项功能对于交通网络的编辑非常有用，特别是当路网数据是从 AutoCAD 等软件中导入的时候，往往会存在很多路段不连通的问题。如果不运行此工具进行检查，单凭肉眼很难发现这些问题。

2.5.4　为路段图层输入属性数据

完成路段图层编辑后，同样需要为其输入属性数据，如路段的通行能力、时间等。

与面图层编辑类似，可以点击右侧“Tools”工具栏上的 i 按钮为每条路段单独输入属性值。但交通网络中路段的数量往往是非常多的，这种方法输入效率显然很低。本节介绍相对比较快速的路段属性数据输入方法。

这种快速输入路段属性数据输入的方法是基于以下假定的：

1）路网中的路段按技术标准可以分为若干种等级或类型。如城市路网中的道路可以分为快速路、主干道、次干道、支路等。

2）相同类型的路段具有同样的设计速度和通行能力。当然，实际中同一类型不同路段的设计速度和通行能力是有差异的，但在规划阶段中可以近似认为它们相等。

如果以上假定成立，那么就可以只输入每条路段的类型，然后根据类型计算路段的行驶时间、通行能力等。下面给出具体的操作方法。

1. 批量选择某一类型的路段

打开练习数据中的 Street. dbd 文件，将当前图层设置为“Street”。然后点击右侧“Tools”工具栏上的按钮，按住键盘上的 Shift 键，单击要选择的同一类型的路段。如果按 Ctrl 键则是从当前选择中去掉某条路段。

2. 从路段属性数据表中筛选记录

某一类型的路段全部被选择完成后，点击顶部工具栏上的按钮。此时弹出当前路段图层的属性数据表。在顶部工具栏上的下拉列表框中选择“Selection”，将筛选出刚才所选路段的数据集。

3. 填充路段类型代码

用鼠标选中“Type”字段，该字段列将变成黑色。点击鼠标右键，在弹出的菜单中选择“Fill”菜单项，此时弹出一个“Fill”对话框。在“Single Value”后输入路段类型代码，例如本例中，主干道输入“1”，次干道输入“2”，支路输入“3”，然后点击“OK”按钮。

4. 输入所有路段的类型代码

关闭当前数据视图，返回地图窗口后，点击右侧“Tools”工具栏上的按钮，清除全部选择。然后再重复上述 1 ~ 3 步，直至输入完所有路段的类型代码。

5. 用公式计算各路段属性值

（1）计算路段设计车速　将当前图层设置为“Street”，点击顶部工具栏上的按钮，此时弹出当前路段图层的属性数据表。在顶部工具栏上的下拉列表框中选择“All Records”，用鼠标选中“Speed”字段，该字段列将变成黑色。点击鼠标右键，在弹出的菜单中选择“Fill”，此时弹出“Fill”对话框。用鼠标点击“Formula”前的单选框，弹出“Formula”对话框，如图 2-27 所示。

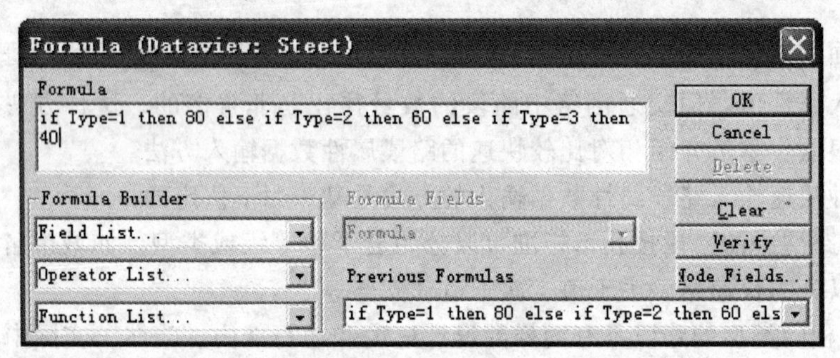

图 2-27　公式输入对话框

在公式输入对话框中的“Formula”下，输入“if Type = 1 then 80 else if Type = 2 then 60 else if Type = 3 then 40”。该语句的含义是“如果路段类型码为 1，则其设计车速为 80；如果路段类型码为 2，则其设计车速为 60；如果路段类型码为 3，则其设计车速为 40”。TransCAD 的公式语法与 Basic 编程语言非常类似，只是不用填写被填充字段的名字。然后点击“OK”按钮，此时“Speed”字段将被填充上相应的数值。

（2）计算路段通行能力　用类似的方法，选中“Capacity”列后，为其填充如下公式“if Type = 1 then 5000 else if Type = 2 then 3000 else if Type = 3 then 1500”。

（3）计算路段行驶时间　用类似的方法，选中“Time”列后，为其填充如下公式“Length / Speed”。其中 Length 字段是系统自动生成的字段，它储存了路段的长度，单位取决于当前工作环境中设置的地图单位（参看 1.3.2 节）。

以上是批量输入路段属性数据的详细步骤，在其中用到了 TransCAD 的两项重要功能：选择集和公式。这两项功能在实际的交通规划工作中经常用到，若能熟练掌握选择集和公式的使用方法，将会极大地提高交通规划数据处理工作的效率。读者如果有数据库编程和 Basic 编程的经验，理解和掌握这两项功能是非常容易的。限于篇幅，本书不详细介绍 TransCAD 的选择集使用技巧和公式语法，感兴趣的读者可以参考 TransCAD 的联机帮助或使用手册。

2.5.5 保存地图

路段属性数据输入完成后，可以采用与 2.2 节中处理小区地图类似的方法为交通网络地图设置样式、标注和图例等，然后用顶部工具栏上的按钮保存交通网络地图，具体操作读者可自行实验。

2.6 交通量数据处理与分析

2.6.1 输入路段流量

在交通网络建立完成之后，可以为网络中的路段输入流量数据。对于同一条路段，其正、反两个方向的流量通常是不一样的（实际上对于能力、速度等路段属性也是如此，只不过前面为了简化交通网络的编辑，忽略了这一点）。这就需要分别为每条路段分别输入两个方向的流量。

TransCAD 通过特殊的字段名指定两个不同的路段方向，如果用户在路段属性表中添加了两个分别以“AB”和“BA”开头的字段，TransCAD 将自动对其进行匹配并分方向使用这两个字段中的数值。

下面打开练习数据中的“Street.dbd”文件，将当前图层设置为“Street”。然后选择“Dataview→ Modify Table”菜单项，分别为路段图层添加两个实数型字段：“BA_Flow”和“AB_Flow”。再点击顶部工具栏上的按钮，此时弹出当前路段图层的属性数据表，为“BA_Flow”和“AB_Flow”两个字段输入一些数据，这样就完成了路段流量的输入。

2.6.2 制作路段流量专题地图

将当前图层设置为“Street”，点击顶部工具栏上的按钮，此时会弹出“Scaled Symbol Theme”对话框，如图 2-28 所示。

在“Choose a field”列表框中，选择“BA_Flow”，然后点击“OK”按钮，生成图 2-29 所示的路段流量分布专题图。在此对话框中，还可以进行线条色彩、

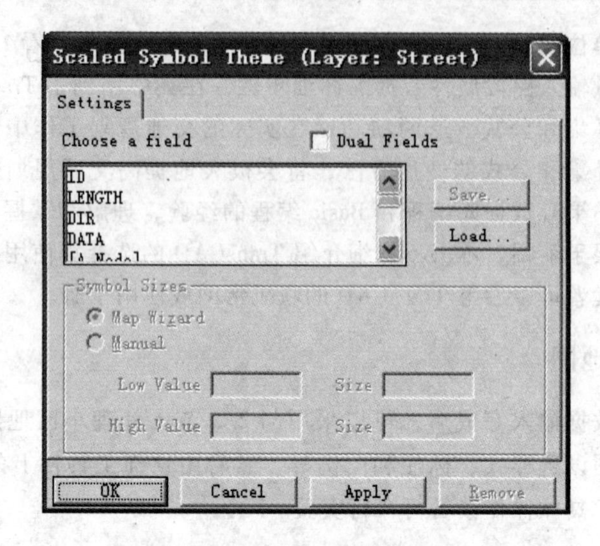

图 2-28 等级符号专题图对话框

宽度等详细设置，读者可以自行实验。如果要删除此专题图，可点击“Remove”按钮。

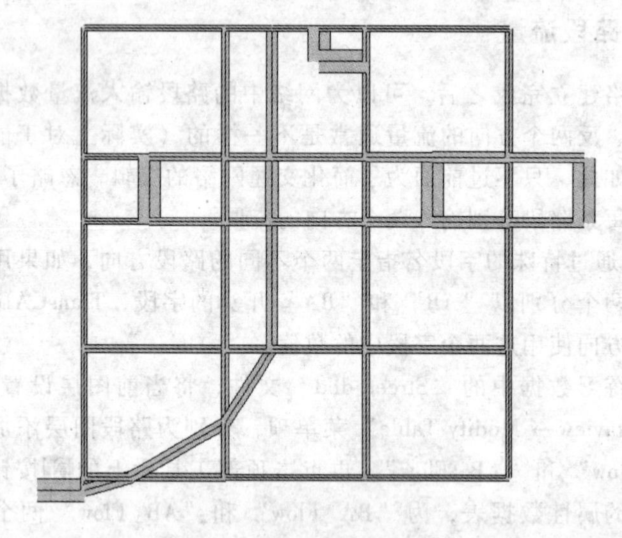

图 2-29 路段流量专题图示例

另外，TransCAD 还提供了一个制作路段流量专题图的快捷工具。选择“Planning→Planning Utilities→Create Flow Map”菜单项，在弹出的对话框中为“Flow”和“V/C”等选择好字段并点击“OK”按钮后，软件会自动生成一个符合一般交通规划习惯的路段流量专题图（实际上是一个等级符号专题图和一个色彩专题图的组合），这样用户就不必再自行配置色彩、宽度、图例等内容了。

2.6.3 制作交叉口流量流向图

除了制作路段流量专题图外，TransCAD 还可以制作交叉口处的流量流向示意图。

将当前图层设置为“Street”，点击右侧“Tools”工具栏中的按钮。用鼠标选中一个节点，此时会弹出图 2-30 所示的“Intersection Diagram”对话框。

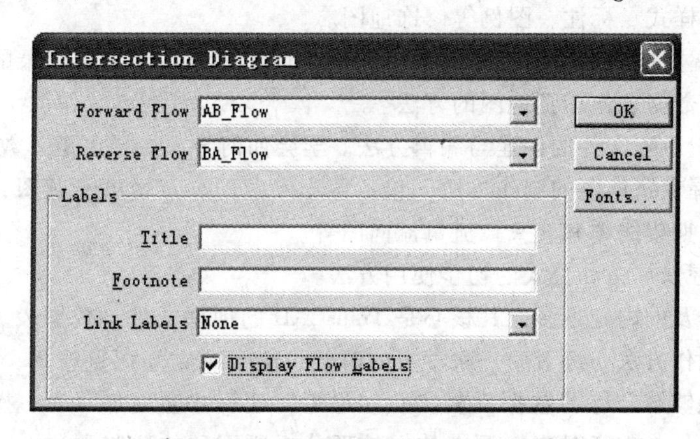

图 2-30 交叉口流量流向图设置对话框

在该对话框中，“Forward Flow”中选择“AB_Flow”，“Reverse Flow”中选择“BA_Flow”，在“Display Flow Labels”前打勾，然后点击“OK”按钮，即可生成图 2-31 所示的交叉口流量流向图。

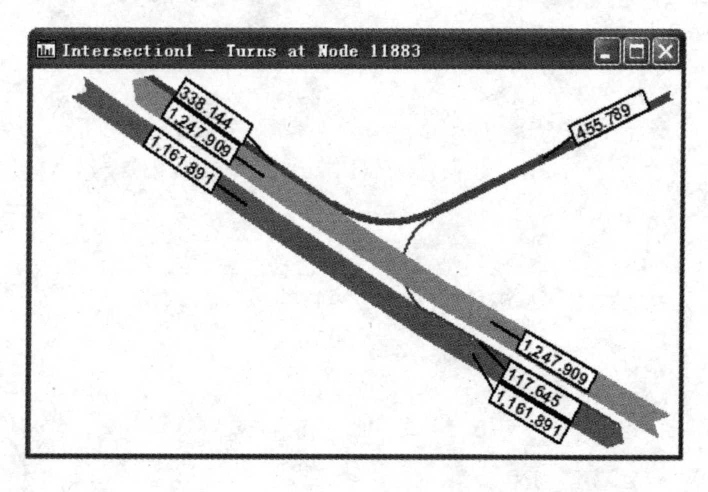

图 2-31 交叉口流量流向图示例

2.7 本章小结

本章较为详细地介绍了在 TransCAD 中处理和分析各类交通调查数据的方法。通过本章的学习，读者应达到如下目标：

1）掌握面类型和线类型地理文件的创建与编辑方法。理解地图与图层的概念，学会用样式、标注、图例等修饰地图。

2）掌握数据表文件的创建与编辑方法。理解表格、字段、记录的含义与关系，掌握将数据表连接到地图的方法。

3）掌握矩阵文件的创建与编辑方法。学会如何导入、导出矩阵数据。

4）掌握专题地图的制作方法，包括色彩专题图、点密度专题图、等级符号专题图以及期望线图和交叉口流量流向图等。

5）掌握选择集和公式的初步使用方法。

本章涉及的内容较多，其核心是 TransCAD 的地理文件、数据表、矩阵三大类文件的操作方法。读者第一次学习的时候可能会感觉知识点较多，不易掌握。希望读者能够结合练习数据反复实验和思考，理解才会更加深入，操作才能更加熟练。另外，本章对交通调查数据处理分析所用到的这些方法，对于交通需求预测阶段的数据处理分析也是同样适用的。多数方法在后续章节会被反复用到，届时本书将不再进行重复讲解，读者可以返回本章复习相应的内容。

第3章 出行生成预测

出行生成预测是交通需求预测四阶段法的第一阶段，其目的是求出对象地区未来年各小区的出行产生量与吸引量。本章首先简要回顾出行生成预测的基本原理与方法，然后结合实例讲解在 TransCAD 软件中运用回归分析法进行出行生成预测的操作步骤，以及预测结果的整理与分析方法。

3.1 基本原理与方法

3.1.1 基本概念

1. 出行

人或车辆从起点到终点的一次移动，具备三个基本属性：①每次出行有起、讫两个端点；②每次出行有一定的目的；③每次出行使用一种或多种交通方式。

2. 出行的分类

在城市交通中，可以从整体上将出行分为居民出行与货物出行两大类。其中居民出行又可以按出行端点属性分为由家出行（起、讫点中有一个是家庭的出行）和非由家出行（起、迄点都不是家庭的出行）。也可以按出行目的分为工作出行、上学出行、购物出行、社会活动出行以及其他出行等。实际规划工作中，一般同时考虑上面两种分类方式，将城市中的居民出行分为由家工作出行、由家其他出行和非由家出行三类。

3. 出行的度量单位

在城市交通中，居民出行主要以人次作为度量单位，在交通方式较为单一的城市（如没有轨道交通等方式），也可以使用车次作为度量单位；货物出行的度量单位可以采用车次，也可以采用吨数度量。

4. 出行生成的表达方式

在出行生成预测阶段，每个小区的出行量可用与该小区相关的出行端点数量来表达。出行端点可以分为起点和讫点，也可以分为产生点和吸引点。在出行生成预测中，起点、讫点和产生点、吸引点的概念并不完全相同。起点、讫点是根据小区间出行的方向定义的，而产生点、吸引点的概念则是根据与出行端点相关的用地性质定义的：出行的产生点定义为与某一小区中的居住用地相关联的出行端点，而出行吸引点则定义为与非居住用地相关联的出行端点。

事实上，从用地性质出发对出行产生点、吸引点作出的定义是极易引起混乱的，因为很多出行的产生和吸引并不都能够简单地从用地性质来说明。例如，从工作单位到商业区的出行、从自己家到朋友家的出行、商业区到居住区的货运出行等。显然，在这些例子中，前述对出行产生点、吸引点的定义已不再适用。严格来说，这种关于产生点和吸引点的定义仅是针对于城市交通中的（起点、讫点中有且仅有一个是家庭的）由家出行的，在这类出行中，家庭端点就是出行的产生点，非家庭端点则是吸引点。但为保持分析上的一致性，也将其他类型出行（包括城市交通中的居民非由家出行和货物出行、区域交通中的人员出行和货物出行）的起点定义为产生点，讫点定义为吸引点。

综合上述的讨论，单位时间（1 小时、1 天等）内出行生成的表达方式可以有以下几类：

（1）从用地性质定义

出行产生量——由家出行的全部家庭端点数，与其他类型出行的全部起点数之和。

出行吸引量——由家出行的全部非家庭端点数，与其他类型出行的全部讫点数之和。

（2）一般意义上的定义

出行产生量——各类出行的全部起点数之和，或称出发量。

出行吸引量——各类出行的全部讫点数之和，或称到达量。

在国内交通规划工作中常使用第二种定义，因此本书中延用这一定义。当然这两种关于出行生成的表达方式是可以相互转换的，TransCAD 在 Planning 菜单下的“P-A to O-D”子菜单中提供了这一功能。

3.1.2 预测方法

出行生成预测的常用方法有原单位法、交叉分类法、回归分析法及增长系数法等。其中回归分析法是目前国内在交通规划工作中使用较多的一种方法。本节介绍该方法的预测原理与步骤。

1. 基本原理

回归分析是研究变量之间相关关系的一种统计推断法，其目的是研究一个因变量与一个或多个自变量之间有什么关系，并用数学模型来表示这种关系，进而从自变量的变化来预测或估计因变量的变化。

在交通需求预测中，影响出行生成的因素往往不是单一的，而且出行生成量与这些影响因素之间的关系往往是非确定性的相关关系。在这种情况下，较好的方法就是通过回归分析建立出行生成量与其影响因素之间的函数关系，并以此进行出行生成预测。

这一方法的基本假设是：①某类出行的生成量（产生量或吸引量）受某些社会经济活动指标的影响；②出行量与社会经济活动变量之间的关系可以通过历史或现状调查数据确定，或者可以从其他类似地区移植；③假定这种影响关系在一定时期内是稳定的，则可通过预测未来年相应社会经济活动指标的变化，来预测未来年的出行生成量。

2. 预测步骤

使用回归分析方法进行出行生成预测的步骤包括建立模型、参数估计、模型检验和实施预测四步，下边分别予以介绍。

（1）建立模型

1）选择因变量和自变量。因变量指出行生成量（包括产生量或吸引量）。自变量指影响出行生成的各种因素（如人口数量、经济指标、用地面积等），这些因素中，有些是与其他因素独立或近似独立的，有些则是密切相关的，一般选取其中主要的、而且近似相互独立的因素作为自变量。此外，要求自变量的预测值容易得到，它们应由可靠性较高的模型预测，或是严格规划的结果。

2）分析每个自变量与因变量之间的关系。可根据调查数据绘制散点图，直观分析其相关程度与大致函数关系，例如强弱、正负相关，非线性关系等。

3）确定模型形式。在上述工作基础上，初步确定回归模型的函数形式。回归模型有不同种类，按照自变量的个数分，有一元回归和多元回归；按照回归曲线的形态分，有线性（直线）回归和非线性（曲线）回归。实际规划工作中，多元线性回归模型应用更为普遍，它具有如下形式

$$Y = a_0 + \sum_{i=1}^{m} a_i X_i \tag{3-1}$$

式中，Y 为因变量；$a_i(i = 0,1,\cdots,m)$ 为参数；$X_i(i = 1,2,\cdots,m)$ 为自变量。

（2）参数估计　此处仅对多元线性回归模型的参数估计方法进行介绍。多元线性回归模型中的参数 a_i 在一般情况下都是未知数，必须根据样本数据来估计。确定参数值的原则是要使得样本的观察值同回归模型估计值的拟合状态最好。对应于每一组 X_i，根据式（3-1）可以求出一个 $\hat{Y}_j$，它就是 Y_j 的一个估计值，估计值和观察值之间的残差为 $e_j = (Y_j - \hat{Y}_j)$。有 n 个观察值就有相应的 n 个残差，要使模型的拟合状态最好，就是说要使 n 个残差的总和最小。为了计算方便，一般以残差的平方和最小为标准，这就是所谓的“最小二乘法”。该方法的原理和计算步骤可以参看数理统计相关书籍。

（3）模型检验

1）初步经验检验。即考察模型是否符合基本常识和公认的理论。

2）统计检验。统计检验主要包含显著性检验、相关性检验。

3）判定预测效果。测定模型的预测功效，简易的方法是把非样本期内的因变量实际值与同期的预测值比较，如果误差不大，说明模型的预测功效良好，反之，则需重新修订该模型。

（4）实施预测　模型通过上述检验后，可进行实际预测。即根据各自变量未来年份的预测值，计算出行生成量，并对预测结果进行分析，提供有价值的信息。

3. 注意事项

回归分析法的优点是能解释多种影响因素对出行生成量的共同作用，而且计算过程比较简单，在一般的统计分析软件甚至电子表格软件中均可进行，因而这种方法在交通需求预测中应用非常广泛。实际规划工作中，常将交通小区作为回归分析的样本单位，在这种情况下需要注意以下几个问题：

1）当各小区之间社会经济或地域属性差异较大，且这些差异难以定量表示时，可分类建立回归分析模型。例如，可将城市中的小区划分为中心区、一般市区和郊区，并分别建立出行生成的回归预测模型。

2）有些小区可能缺乏某些相关变量的信息，例如纯粹的工业区可能没有家庭的数据。尽管这些小区对模型参数的估计影响不大，但分析时仍应将其排除。

3.1.3　结果整理

在出行生成预测阶段，要求预测得到的所有小区的出行产生总量要等于出行吸引总量，即下式严格成立

$$\sum_{i=1}^{n} P_i = \sum_{j=1}^{n} A_j \tag{3-2}$$

但实际预测过程中，各交通小区出行量的误差是不可避免的，从而造成其总和的误差量。此时，必须采用一定方法对预测结果进行调整，这一过程称作产生量和吸引量的平衡。

实际工作中可以用出行产生量和吸引量两者中可靠性高的一方对另一方进行校正。一般认为出行产生量的预测更为可靠，这是因为该部分模型中往往包含一些可解释性较强的变量（如基于家访调查的数据），因此多数情况下是用产生总量来校正吸引量，公式如下

$$A_j' = \frac{\sum_{i=1}^{n} P_i}{\sum_{j=1}^{n} A_j} \cdot A_j \tag{3-3}$$

3.2 回归分析法在 TransCAD 中的应用

3.2.1 数据准备

在 TransCAD 中运行回归模型，需要准备如下数据：

1）基于小区的现状年出行产生量和吸引量数据。

2）基于小区的现状年社会经济活动变量。

3）基于小区的未来年社会经济活动变量。

本节使用练习数据中的 TripsGen. bin 数据表文件，以上三类数据都储存在这个数据表中。该表格有 5 行 9 列，各字段的说明见表 3-1。

表 3-1 示例数据表中的字段说明

字段名	字段说明
ZoneID	小区编号
P _ Base	现状年出行产生量
A _ Base	现状年出行吸引量
People _ Base	现状年人口数量
GDP _ Base	现状年经济产值
People _ Fur	未来年人口数量
GDP _ Fur	未来年经济产值
P _ Fur	未来年出行产生量（为空，待预测）
A _ Fur	未来年出行吸引量（为空，待预测）

3.2.2 估计回归模型参数

在 TransCAD 中，打开练习数据中的“TripsGen. bin”文件，然后选择“Statistics → Model Estimation”菜单项，会弹出“Model Estimation”对话框，如图 3-1 所示。

在 Dependent 选项卡中选择因变量，先选择“P _ Base”；在“Independent”选项卡中添加自变量，此处选择“Add”两个字段到自变量中，分别是“People _ Base”和“GDP _ Base”。然后点击“OK”按钮，此时系统提示将模型文件保存起来，将这个文件命名为“Pro. mod”，然后保存到用户目录中。这样就完成了出行产生量回归预测模型的建立过程。

此时，TransCAD 会弹出“Results Summary”对话框，提示刚才模型估计所耗的时间，如图 3-2 所示。

在图 3-2 所示的对话框中，点击“Show Report”，会弹出程序运行报告文件

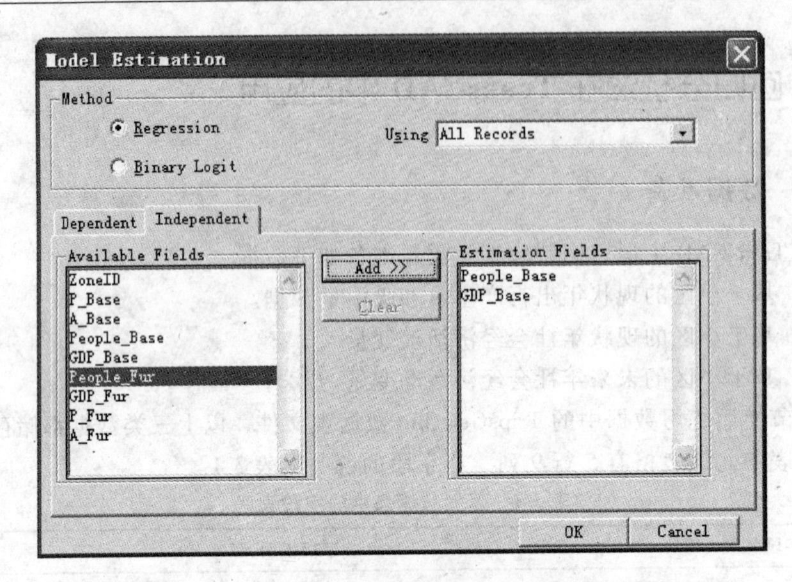

图 3-1 模型参数估计对话框

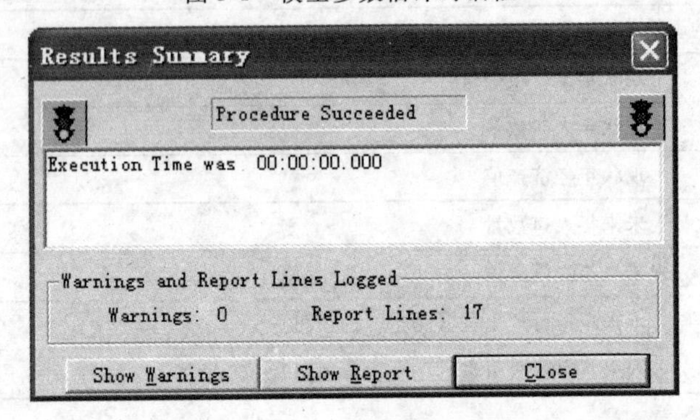

图 3-2 模型运行结果提示对话框

Report.txt。在该文件的最后部分，是刚才估计模型的标准误差、相关系数、*t* 值、*F* 值等统计检验结果。通过此报告，可以判断回归模型是否有效。最简单的统计检验可以通过观察报告中的“R Squared”值进行判断，一般来说，如果该值大于0.8，说明模型自变量与因变量之间的相关程度是比较高的，可以用于预测。

类似的方法，如果在图 3-1 所示的模型参数估计过程中，将因变量换成“A_Base”，即可建立出行吸引量回归预测模型。将这个模型文件命名为“Att.mod”并保存，用于下一步预测。

3.2.3 运行回归分析模型

在完成前述步骤后，选择“Statistics → Model Evaluation”菜单项，会弹出

"Open Model File" 文件打开对话框，选择刚才建立的 "Pro. mod" 模型文件，然后点击 "Open"。此时，TransCAD 弹出 "Forecast" 对话框，如图 3-3 所示。

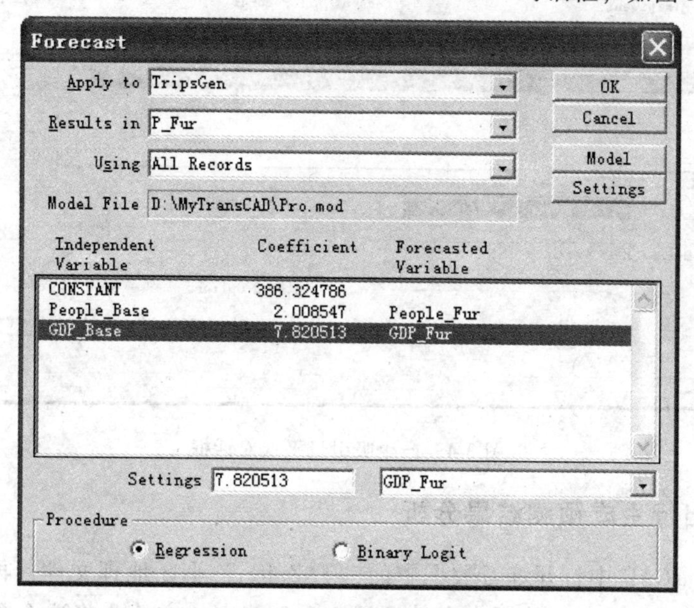

图 3-3 模型预测对话框

在图 3-3 所示的对话框中，在 "Results in" 后选择 "P _ Fur"，在变量列表框中，将第一个 "Forecasted Variable" 选为 "People _ Fur"，将第二个 "Forecasted Variable" 选为 "GDP _ Fur"，然后点击 "OK" 按钮。此时，就完成了未来年出行产生量的预测，相应的数据被填充到数据视图中的 "P _ Fur" 列中。

同样的方法，选择 "Statistics → Model Evaluation" 菜单项后，打开 "Att. mod" 模型文件，在弹出的 "Forecast" 对话框中，将 "Results in" 改为 "A _ Fur"，其他操作步骤同前，即可完成未来年出行吸引量的预测。

3.2.4 平衡产生量与吸引量

出行生成预测完成后，要对所有小区的产生量与吸引量进行平衡，使两者的和相等，才能进行下一步的出行分布预测。

在保证 "TripsGen. bin" 文件打开的状态下，选择 "Planning → Balance" 菜单项，此时弹出 "Vector Balancing" 对话框，如图 3-4 所示。

在该对话框中，"Vector 1 Field" 后选择 "P _ Fur"，"Vector 2 Field" 后选择 "A _ Fur"，然后点击 "OK" 按钮。此时，系统提示将平衡结果保存为一个名为 "Balance. bin" 的数据表文件，把它保存到用户目录中。此时 TransCAD 出现了一个连接后的数据表视图，该数据表的最后两列即为平衡后的产生量与吸引量。至此就完成了未来年出行产生量和吸引量的预测。

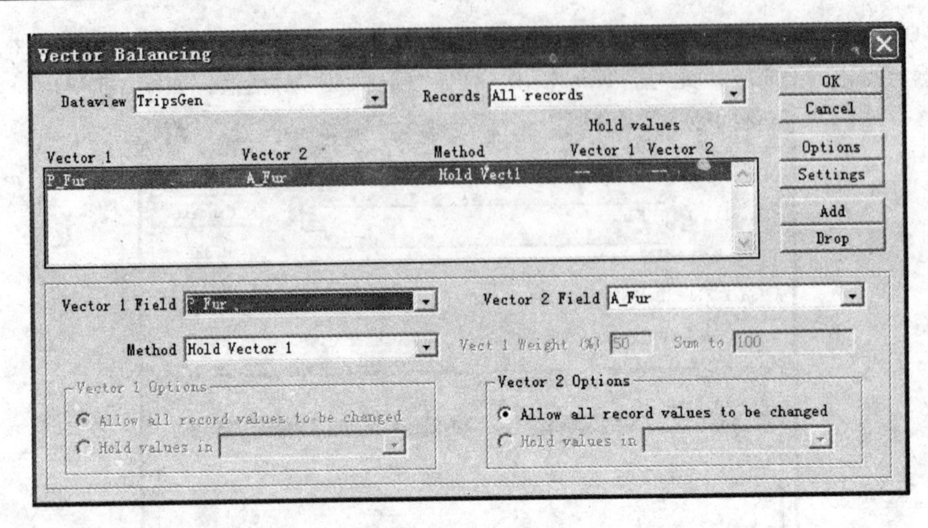

图 3-4　产生吸引量平衡对话框

3.2.5　出行生成预测结果分析

在 TransCAD 中打开练习数据中的“TAZ. bin”小区地理文件，再打开刚才生成的“Balance. bin”数据表文件。用 2.3.2 节中的方法，将这个数据表连接到地图。

将小区地图窗口置为当前活动窗口，点击顶部工具栏中的按钮，为出行

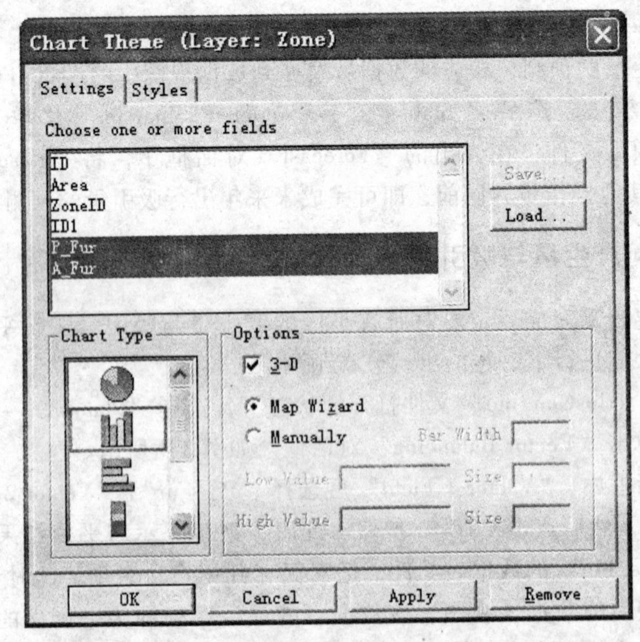

图 3-5　统计图表专题图对话框

产生量和吸引量创建一个统计图表专题图。此时，系统会弹出“Chart Theme”对话框，如图3-5所示。

在统计图表专题图对话框中，“Choose one or more fields”下的列表框中选择“P_Fur”和“A_Fur”（按住键盘上的“Ctrl”键可多选），在“Chart Type”中选择柱状图，然后点击“OK”按钮，就完成了小区出行产生量和吸引量专题图的制作工作，如图3-6所示。当然，读者也可以选择其他的图表类型，并可自由设置图表的大小、颜色等，此处不再一一介绍。

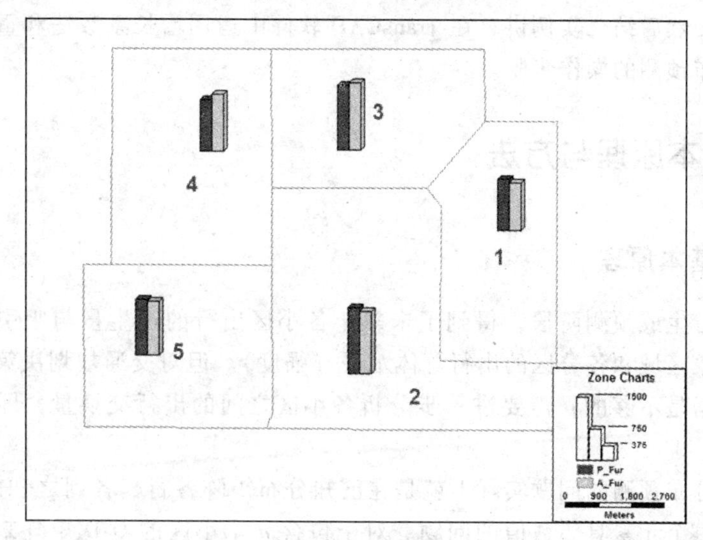

图3-6　统计图表专题图示例

3.3　本章小结

本章介绍了在TransCAD中用回归分析法预测小区出行产生量和吸引量的方法。通过本章的学习，读者应达到如下目标：

1）了解出行生成预测所需要的基础数据（现状出行量、现状社会经济活动变量、未来社会经济活动变量）。

2）掌握利用TransCAD的统计工具估计回归模型参数的方法。

3）掌握运行回归模型预测小区出行产生量和吸引量的步骤。

4）掌握制作统计图表专题图的方法。

回归模型是一类在交通需求预测中被广泛使用的模型，在除出行生成阶段外的其他预测阶段也经常被用到，读者应熟练掌握这种方法。此外，TransCAD在出行生成预测阶段还提供了交叉分类法、ITE吸引率法、快速反应法等多种方法，本书不再一一介绍，感兴趣的读者可以参考TransCAD的交通需求模型手册。

第4章 出行分布预测

出行分布预测是交通需求预测四阶段法的第二阶段，其目的是求出对象地区未来年各小区之间的出行交换量。本章首先简要回顾出行分布预测的基本原理与方法，然后结合实例讲解在 TransCAD 软件中运用增长系数法和重力模型进行出行分布预测的操作步骤。

4.1 基本原理与方法

4.1.1 基本原理

在出行生成预测阶段，得到了未来年各小区出行的产生量与吸引量，它们反映了对象区域和各分区的出行总体水平（强度）。但对交通规划决策来说，仅有这些数据是不够的，需要进一步分析各小区之间的出行交换量，即出行分布量。

出行分布预测的问题实际上就是在已知分布矩阵各行、各列之和的条件下，求矩阵中每个元素具体数值的问题。对于包含 n 个小区的 O-D 矩阵来说，这是一个拥有 $2n-1$ 个独立方程，$n \times n$ 个未知数的方程组。由线性代数知识，当 $n>1$ 时，该方程组是没有唯一解的。因此，必须补充其他条件来推算分布矩阵。

可补充的条件主要有两类：一类是补充历史信息，即将现状出行分布矩阵（可通过 O-D 调查得到，见 2.1.4 节）乘以一定的增长系数，得到未来的出行分布矩阵，这类方法称为增长系数法；另一类是模拟出行者的目的地选择行为，并以此构造相应的分布预测模型，包括重力模型、介入机会模型、最大熵模型等。本节重点对增长系数法和重力模型这两种方法进行介绍。

4.1.2 增长系数法

增长系数法的基本假设是：未来的出行分布量是在现状（或历史的）出行分布量的基础上，乘以相应的增长系数得到的。两小区之间出行分布量的增长系数，与两小区出行产生量与吸引量的增长率有关，可表示为如下形式

$$q_{ij} = q_{ij}^{0} f(fo_i, fd_j) \tag{4-1a}$$

$$fo_i = \frac{O_i}{O_i^0} \tag{4-1b}$$

$$fd_j = \frac{D_j}{D_j^0} \tag{4-1c}$$

式中，q_{ij}为未来年 i 区到 j 区的出行分布量；q_{ij}^0为现状年 i 区到 j 区的出行分布量；f 为增长系数，它是 i 区产生量增长率 fo_i 与 j 区吸引量增长率 fd_j 的函数；O_i 为 i 区未来年出行产生量；D_j 为 j 区未来年出行吸引量；O_i^0 为 i 区现状年出行产生量；D_j^0 为 j 区现状年出行吸引量。

由于估算得到的 q_{ij}必须满足如下约束条件（称为行、列约束）

$$\sum_j q_{ij} = O_i \quad \sum_i q_{ij} = D_j \tag{4-2}$$

而直接采用式（4-1a）计算得到的 q_{ij}一般不能满足上述约束，因此需要迭代计算以满足约束。

根据增长函数 f 具体形式的不同，增长系数法又可以细分为多种方法。TransCAD 中使用的是一种称为 Fratar 法的增长系数法。该方法认为，q_{ij}的增长不仅与 i、j 两区的出行量增长有关，而且还与整个对象区域内其他区的出行量增长有关。增长函数为

$$f(fo_i^k, fd_j^k) = fo_i^k fd_j^k \cdot \frac{\dfrac{O_i^k}{\sum_j q_{ij}^k fd_j^k} + \dfrac{D_j^k}{\sum_i q_{ij}^k fo_i^k}}{2} \tag{4-3}$$

Fratar 法计算过程较为繁琐，但收敛速度快，是实际规划工作应用较多的一种方法。

增长系数法结构简单，易于理解，且直接使用观测出行矩阵来预测出行增长，不需要其他额外的数据。但该方法也有许多缺点，包括：

1）增长系数法要求有完整的现状出行分布矩阵，而得到这种基础数据的成本很高。

2）增长系数法对于基年出行矩阵精度的依赖性较大，任何出现在基年出行矩阵中的误差将在计算过程中被放大。

3）如果基年矩阵中有零元素，那么预测矩阵中对应的部分也为零，即这种方法无法去补充观测矩阵中没有观察到的出行数据。一种可以选择的弥补方法是用一个很小的数，替换基年矩阵中的零元素。

4）无法预测与未来年新增加小区相关的出行分布量。

5）增长系数法最严重的缺陷是不能考虑与网络费用有关的影响出行分布的属性。例如，当有新的交通方式、新的道路或新的收费政策时无法描述相应的出行分布变化，因而其一般仅适用于交通供给变化较小的短期预测。

4.1.3 重力模型

1. 模型结构

重力模型（Gravity Models）的基本假设是：出行分布是群体出行决策的结果，两小区之间出行分布量的大小，受两小区出行生成量与两小区之间出行距离（或广义费用）的共同影响。重力模型的最初提出受到牛顿万有引力定律的启发，故而得名，国内有些教材也将其译作引力模型。

一般的重力模型具有如下形式

$$q_{ij} = \alpha O_i D_j f(c_{ij}) \tag{4-4}$$

式中，q_{ij}为 i、j 分区之间的出行分布量预测值；c_{ij}为两分区间的阻抗（广义费用）；O_i、D_j 分别为分区 i 的出行产生量、分区 j 的出行吸引量；α 为参数；$f(c_{ij})$ 为阻抗函数。

常见的阻抗函数 $f(c_{ij})$ 有以下几种：

1）幂型

$$f(c_{ij}) = c_{ij}^{-\beta} \tag{4-5}$$

2）指数型

$$f(c_{ij}) = \mathrm{e}^{-\beta c_{ij}} \tag{4-6}$$

3）（幂指）复合型

$$f(c_{ij}) = c_{ij}^{\gamma} \cdot \mathrm{e}^{-\beta c_{ij}} \tag{4-7}$$

直接使用式（4-4）计算得到的未来分布量并不满足式（4-2）中的行、列约束条件，因而该模型也称为无约束重力模型。一般来说，无约束重力模型不能直接用于出行分布预测，必须使用增长系数法对无约束重力模型初始计算结果进行迭代计算，以满足行、列约束条件，这种模型也称作约束重力模型。

2. 模型标定

由于重力模型使用阻抗函数，因此运行重力模型之前需要根据现状出行分布矩阵和阻抗矩阵估计阻抗函数中的参数，这一过程也称为模型标定。如果采用指数型阻抗函数，则重力模型中有 α 和 β 两个参数需要标定。对式（4-4）两边取对数，有

$$\ln q_{ij} = \ln\alpha + \ln O_i + \ln D_j - \beta c_{ij} \tag{4-8}$$

令 $Y = \ln q_{ij} - \ln O_i - \ln D_j$，$X = c_{ij}$，$a_0 = \ln\alpha$，$a_1 = -\beta$，则上式可转换为如下形式

$$Y = a_0 + a_1 X \tag{4-9}$$

这是一个标准的一元线性回归模型，可以采用最小二乘法对参数 a_0、a_1 进行估计，进而求出重力模型中的参数 α 和 β。

以上是对无约束重力模型的标定方法，对于双约束重力模型以及使用离散型阻抗函数的重力模型，模型标定的方法要更加复杂一些。

3. 模型特点

重力模型具有以下优点：

1）模型形式直观，可解释性强，易被规划人员理解和接受。

2）能比较敏感地反映交通供给变化对出行的影响，适用于中长期需求预测。

3）不需要完整的基年O-D矩阵，如果有可信赖的模型参数，甚至不需要基年O-D矩阵。

4）特定交通小区（如新开发区）之间的分布量为零时，也能进行预测。

重力模型最主要的缺点是难以准确预测小区内出行分布量。采用幂型、指数型函数时，由于区内出行距离很小，预测结果往往比实际偏高。

4.2 增长系数法在TransCAD中的应用

运行增长系数法之前，需要准备一个现状年的出行O-D矩阵和一个未来年的出行发生量和吸引量表。在TransCAD中，打开练习数据中的“OD_Base. mtx”矩阵文件和“TripsFur. bin”数据表文件。选择“Planning → Trip Distribution → Growth Factor Method”菜单项，此时会弹出如图4-1所示的“Growth Factor Balancing”对话框。

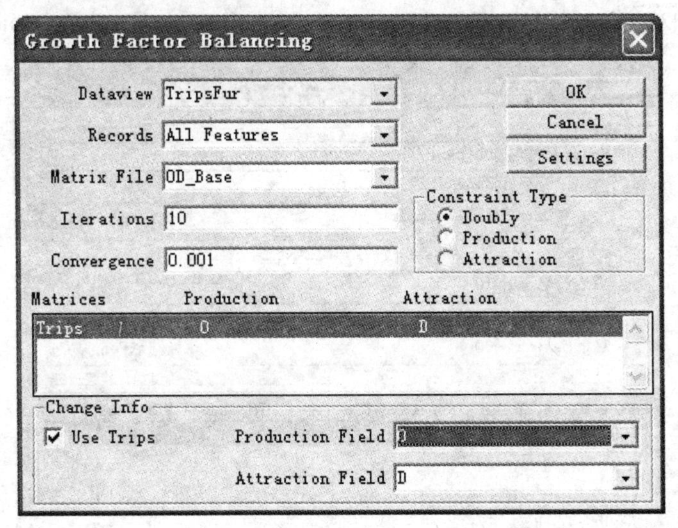

图4-1　增长系数法运行对话框

在该对话框最下方的两个下拉列表中，“Production Field”后选择“O”，“Attraction Field”后选择“D”，点击“OK”按钮。此时，系统弹出“Store Output Matrix in”对话框来，提示保存矩阵文件。将这个矩阵文件命名为“OD_Fur. mtx”，然后点击“Save”。这个矩阵文件就是用增长系数法预测得到的未来年O-D矩阵。

4.3 重力模型在 TransCAD 中的应用

4.3.1 标定重力模型

运行重力模型前，必须先标定重力模型阻抗函数的参数。本节以幂函数型阻抗函数为例，介绍重力模型的标定方法。采用其他类型阻抗函数时的模型标定方法与此类似。

标定重力模型前，需要准备的基础数据包括：

1）一个小区地理文件。

2）一个现状出行分布矩阵，该矩阵的行列索引要与小区编号相同。

3）一个现状小区间阻抗矩阵。关于阻抗矩阵的生成方法，将在第 6 章中介绍。

在 TransCAD 中，打开练习数据中的小区地理文件“TAZ. dbd”、现状出行分布矩阵文件“Grav _ Base. mtx”和现状阻抗矩阵文件“Imp. mtx”。

将地图窗口设置为当前活动窗口，选择“Planning → Trip Distribution →

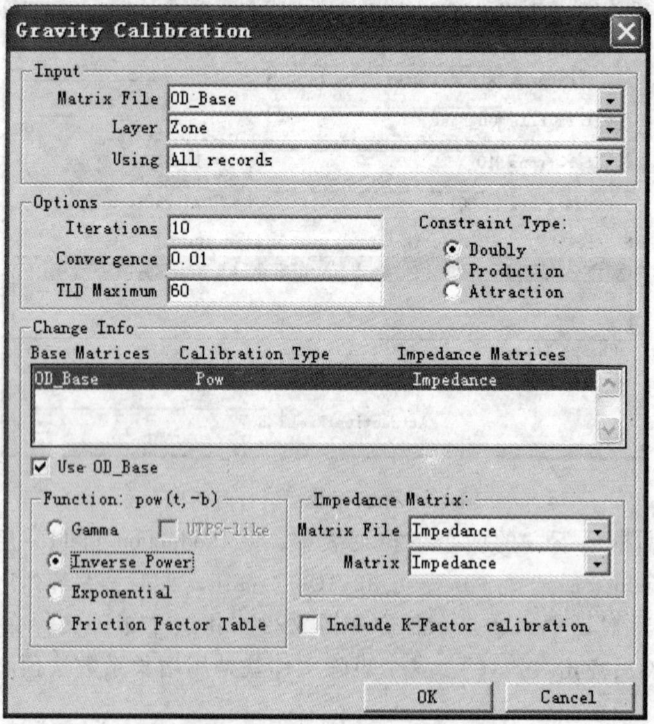

Gravity Calibration
Input
Matrix File OD_Base
Layer Zone
Using All records
Options
Iterations 10
Convergence 0.01
TLD Maximum 60
Constraint Type:
Doubly
Production
Attraction
Change Info
Base Matrices Calibration Type Impedance Matrices
OD_Base Pow Impedance
Use OD_Base
Function: pow(t,-b)
Gamma
UTPS-like
Inverse Power
Exponential
Friction Factor Table
Impedance Matrix:
Matrix File Impedance
Matrix Impedance
Include K-Factor calibration
OK
Cancel

图 4-2 重力模型标定对话框

Gravity Calibration”菜单项，此时弹出“Gravity Calibration”对话框，如图4-2所示。

在此对话框中，上方的“Matrix File”后选择“OD_Base”，下方的“Impedance Matrix File”后选择“Impedance”，“Function”下勾选“Inverse Power”，然后点击“OK”按钮。此时，系统提示将模型标定结果保存为一个数据表文件，该文件默认名称为summary. bin。点击“Save”后，出现一个新的数据视图，其中列“b”下方的数字即为幂函数型阻抗函数的参数。重力模型标定工作完成。

4.3.2 运行重力模型

标定后的重力模型可以用于预测未来年的出行分布矩阵。运行重力模型前，需要准备的基础数据包括：

1）一个现状小区间阻抗矩阵。

2）一个未来年出行产生量和吸引量表。

3）重力模型阻抗函数的参数。

在TransCAD中，打开练习数据中的现状阻抗矩阵文件Imp. mtx和未来年出行产生量和吸引量表TripsFur. bin。选择“Planning → Trip Distribution → Gravity

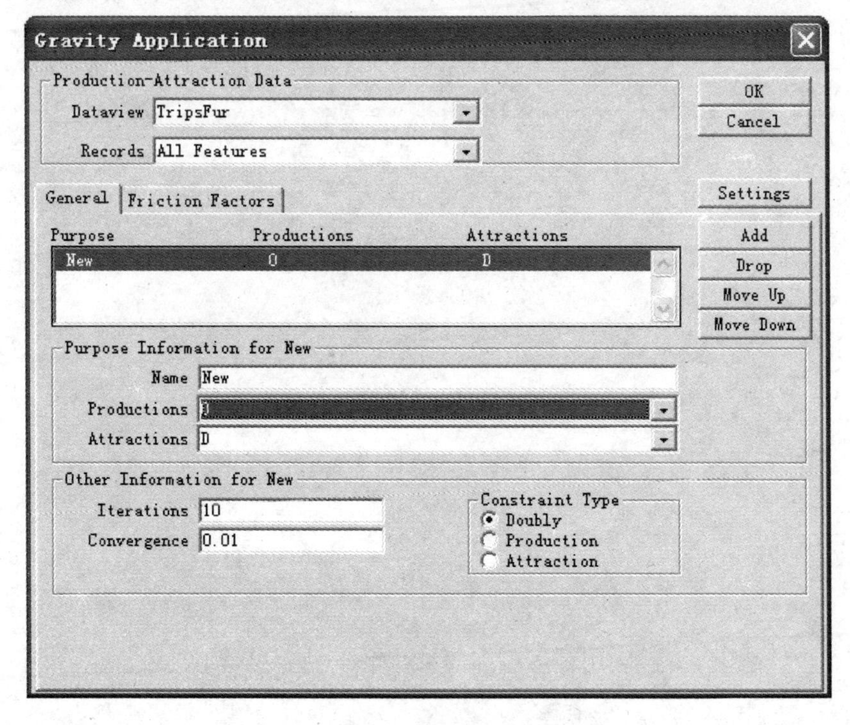

图4-3 重力模型运行对话框

Application”菜单项，此时弹出“Gravity Application”对话框来，如图4-3所示。

在该对话框的“General”选项卡中，“Productions”后的下拉列表选择“O”，“Attractions”后的下拉列表选择“D”；在“Friction Factors”选项卡中，“Factors Come form”下勾选“Inverse”，“b”后的文本框中输入前面标定的模型参数。点击“OK”按钮，此时，系统提示将模型运行结果保存为一个矩阵文件，这个矩阵文件就是用重力模型预测得到的未来年O-D矩阵。

4.4 本章小结

本章介绍了在TransCAD中用增长系数法和重力模型预测小区间出行分布量的方法。通过本章的学习，读者应达到如下目标：

1）了解出行分布预测所需的基础数据。

2）掌握用增长系数法进行出行分布预测的方法。

3）理解阻抗函数的概念，掌握标定重力模型参数的操作步骤。

4）掌握用重力模型进行出行分布预测的方法。

第5章 方式划分预测

方式划分预测是交通需求预测四阶段法的第三阶段，其目的是将各小区间的出行分布量划分为各种交通方式的分布量。本章首先简要回顾方式划分预测的基本原理与方法，然后结合实例讲解在TransCAD软件中运用Logit模型进行方式划分预测的操作步骤。

5.1 基本原理与方法

5.1.1 基本概念

方式划分也称方式选择，可供选择的交通方式叫做“选择枝（Alternative）”。某个选择枝具有的令人满意的程度叫做“效用（Utility）”。关于效用首先作以下基本假定，这些假定是基于人们通常的心理选择行为，是方式划分模型的基础：

1）个人在每次抉择中总选择效用值最大的选择枝。

2）个人关于每个选择枝的效用值由个人自身的特性和选择枝的特性共同决定。

5.1.2 影响交通方式选择的因素

影响出行者方式选择的因素很多，根据前述选择枝和效用值的概念，可以将这些因素归纳为两大类：

（1）出行者及出行特性

1）出行者的职业、年龄、收入等。

2）家庭车辆拥有情况。

3）出行目的、时段等。

（2）交通方式特性

1）费用，对公共交通指车票，对个人交通指汽油费、车耗等。

2）出行时间，取决于交通方式的速度与出行距离。

3）舒适度、安全性等。

良好的交通方式选择模型应能准确描述以上两类因素对出行者方式选择行为的影响。

5.1.3 Logit 模型

目前用于方式划分预测的模型与方法主要有转移曲线法、回归分析法、重力模型的转换型、非集计模型等。其中，Logit 模型是一种较常用的非集计模型，其公式如下

$$p_{ij}^{k}=\frac{\exp(V_{ij}^{k})}{\sum_{k}\exp(V_{ij}^{k})} \tag{5-1}$$

式中，p_{ij}^{k}为 i、j 小区间第 k 种出行方式的分担率；V_{ij}^{k}为 i、j 小区间第 k 种出行方式的效用值。

以上模型即为多项 Logit 模型，模型的核心变量是效用值 V_{ij}^{k}。在效用值中，可以反映影响出行者方式选择的各种因素。最简单的效用函数可以具有以下形式

$$V_{ij}^{k}=\alpha T_{ij}^{k}+\beta F_{ij}^{k} \tag{5-2}$$

式中，T_{ij}^{k}为 i、j 小区间第 k 种出行方式的旅行时间；F_{ij}^{k}为 i、j 小区间第 k 种出行方式的货币费用；α 和 β 为模型中待估计的参数。

运行 Logit 模型之前，需要先估计 Logit 模型中的参数，一般可使用最大似然估计法。Logit 模型的推导过程和参数估计方法较为复杂繁琐，本书不对此问题进行详细讨论，有兴趣的读者可以参考有关的交通规划教材。

5.2 Logit 模型在 TransCAD 中的应用

5.2.1 数据准备

本节结合一个简单的案例来介绍 Logit 模型在 TransCAD 中的应用过程。这个案例中有两种交通方式——小汽车和公交车，如果使用式（5-2）中的效用函数，那么需要准备两组矩阵数据：一组矩阵是两种交通方式的出行费用矩阵，即练习数据中的“CostMatrix. mtx”文件，它包含两个子矩阵，分别命名为“CarCost”和“BusFare”；另一组矩阵是两种交通方式的出行时间矩阵，即练习数据中的“TimeMatrix. mtx”文件，它也包含两个子矩阵，分别命名为“CarTime”和“BusTime”。

为估计 Logit 模型的参数，还需要准备一个交通方式离散选择表，这个数据表在练习数据的“Choice. bin”文件中，如表 5-1 所示。

在表 5-1 中，第一列是 ID 值，第二列是出行起点，第三列是出行终点，第四列是选择的出行方式。这个表格可以从原始的 O-D 调查数据中得到。

表 5-1　交通方式离散选择表

ID	ORIGIN	DEST	CHOICE
1	1	5	Car
2	2	3	Bus
3	3	4	Car
⋮	⋮	⋮	⋮

最后，还需要准备一个全方式的出行矩阵，即练习数据中的“OD_Base. mtx”文件。准备好以上数据，就可以开始应用 Logit 模型了。

5.2.2　创建出行方式表

启动 TransCAD，打开练习数据中的“CostMatrix. mtx”和“TimeMatrix. mtx”矩阵文件，再随便打开一个以 bin 为扩展名的数据表文件。选择“Planning → Mode Split → Specify a Multinomial Logit Model”菜单项，弹出“Create MNL Model Table”对话框，如图 5-1 所示。

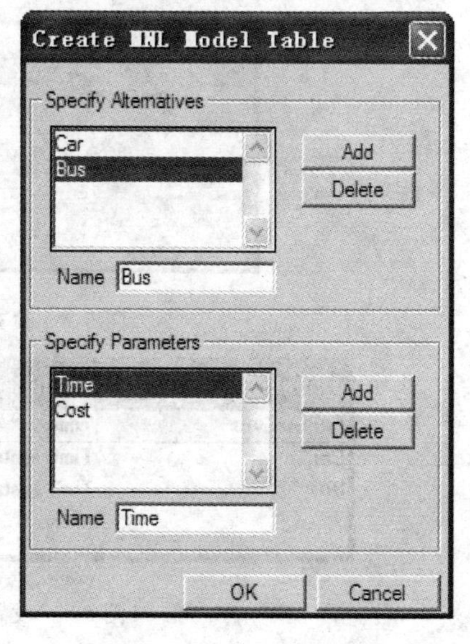

图 5-1　创建出行方式表对话框

点击“Specify Alternatives”右侧的“Add”，添加两个出行方式“Bus”和“Car”；点击“Specify Parameters”右侧的“Add”，添加两个变量“Cost”和“Time”。点击“OK”按钮后，弹出一个对话框提示保存建立的出行方式表文件。在文件名中输入“ModelTab. bin”并保存后，弹出一个“Fill MNL Model Table”对话框，如图 5-2 所示。

在“Number of Alternatives”后选择“2”，在“Specify Utility for”后先选择“Car”，然后在“Change Information”下的 Parameter 下选择“Time”，最后在最下方勾选“Matrix”，然后在其后的列表框中分别选择“Time Matrix”和“CarTime”，这样就完成了小汽车出行方式的出行时间变量数据来源的设置。按照同样的方法，可以分别为小汽车方式的费用变量、公交车方式的时间、费用变量设置数据来源。出行方式表设置完成后，点击“OK”按钮，这时系统会弹出一个数据视图，如图 5-3 所示。

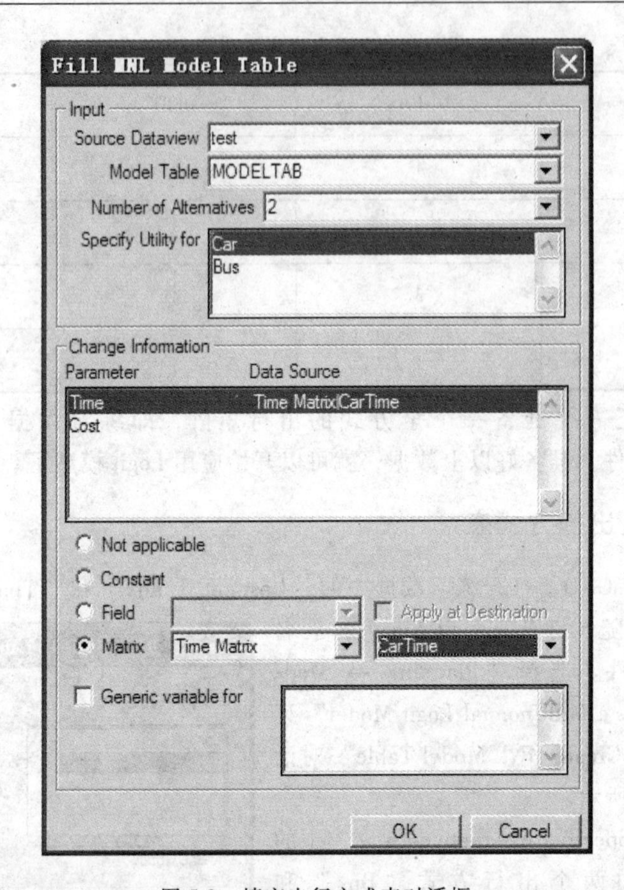

图 5-2　填充出行方式表对话框

Dataview5 - MODELTAB

Alternatives	Time	Cost
Car	Time Matrix|CarTime	Cost Matrix|CarCost
Bus	Time Matrix|BusTime	Cost Matrix|BusFare

图 5-3　设置完成的出行方式表

5.2.3　Logit 模型参数估计

打开练习数据中的“CostMatrix. mtx”和“TimeMatrix. mtx”矩阵文件、上一步中建立的“ModelTab. bin”数据表以及一个交通方式离散选择表“Choice. bin”文件，然后选择“Planning → Mode Split →Multinomial Logit Estimation”菜单项，此时 TransCAD 弹出“MNL Estimation”对话框，如图 5-4 所示。

在该对话框中，“ID Field”后选择“ID”，“Choice Field”后选择“Choice”，“Origin Field”后选择“Origin”，“Destination Field”后选择“DEST”，然后点击

"OK"按钮。这样就完成了Logit模型的参数估计，所估计的参数值显示在出行方式表"ModelTab.bin"的最后一行。

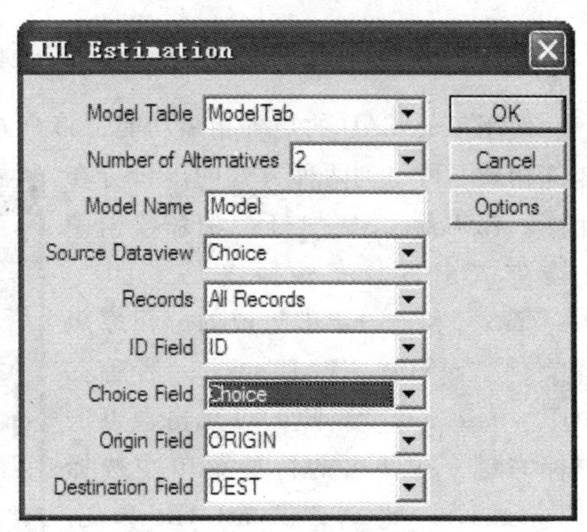

图5-4 Logit模型参数估计对话框

需要注意的是，实际规划工作中，对Logit模型的参数估计是一项十分复杂的工作。因为影响交通方式选择的因素有很多，这些因素都可以作为方式效用函数中的变量。但有的因素对方式选择的影响程度高，而有的因素则可以被忽略掉。具体选择哪些因素作为效用函数的变量，需要在模型参数估计的过程中反复尝试，并借助模型运行报告中的 t 检验值进行判定。一般来说，如果某个变量的 t 检验值绝对值小于2，那么这个变量很可能就无关紧要，应该在效用函数中移去。

5.2.4 应用Logit模型

打开练习数据中的"CostMatrix.mtx"和"TimeMatrix.mtx"矩阵文件、包含参数估计值的"ModelTab.bin"数据表以及一个包含着各小区编号的数据表文件"ID.bin"，然后选择"Planning → Mode Split → Multinomial Logit Application"菜单项，弹出"Multinomial Logit Application"对话框，如图5-5所示。

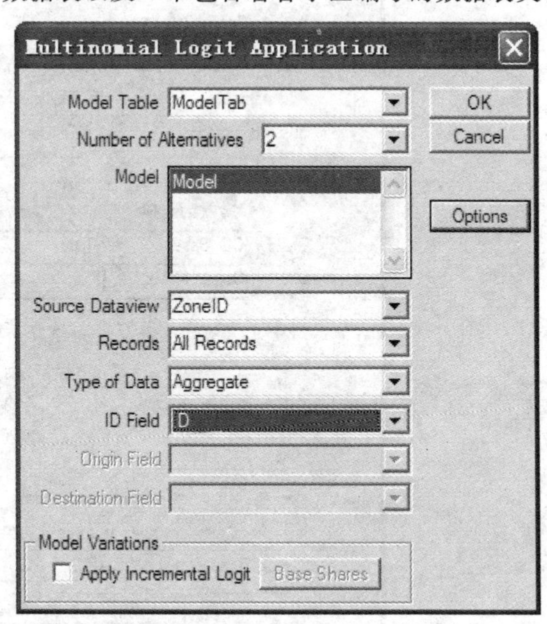

图5-5 Logit模型应用对话框

在该对话框中，"ID Field"后选择"ID"，然后点击"OK"按钮。此时，TransCAD提示将预测得到的方式分担率矩阵保存为一个名为"MNL_EVAL.mtx"的矩阵文件。这个矩阵是两种交通方式在各小区之间的分担率矩阵，它包含"Car"和"Bus"两个子矩阵。

5.2.5 将分担率矩阵转换为分方式矩阵

使用 TransCAD 的矩阵相乘功能，将全方式出行分布矩阵分别与两个分担率矩阵相乘，可得到两种方式的出行分布矩阵。在 TransCAD 中打开联系数据中的全方式出行分布矩阵文件“OD _ Base. mtx”和上一步中生成的分担率矩阵文件“MNL _ EVAL. mtx”，然后在“OD _ Base. mtx”矩阵的单元格上点击鼠标右键，在弹出的快捷菜单中选择“Contents”。此时，TransCAD 弹出“Matrix File Contents”对话框，如图 5-6 所示。

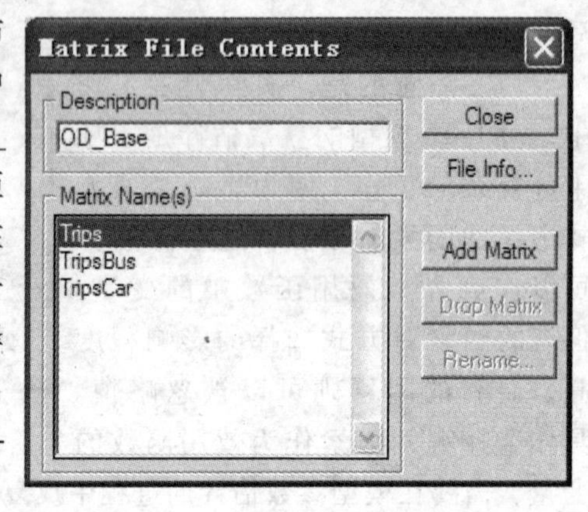

图 5-6 子矩阵设置对话框

在该对话框中，点击“Add Matrix”输入两个子矩阵，并分别命名为“TripsCar”和“TripsBus”，点击“Close”关闭此对话框。然后，点击顶部工具栏中的下拉列表，选择“TripsCar”，然后在“OD _ Base. mtx”矩阵的单元格上点击鼠标右键，在弹出的快捷菜单中选择

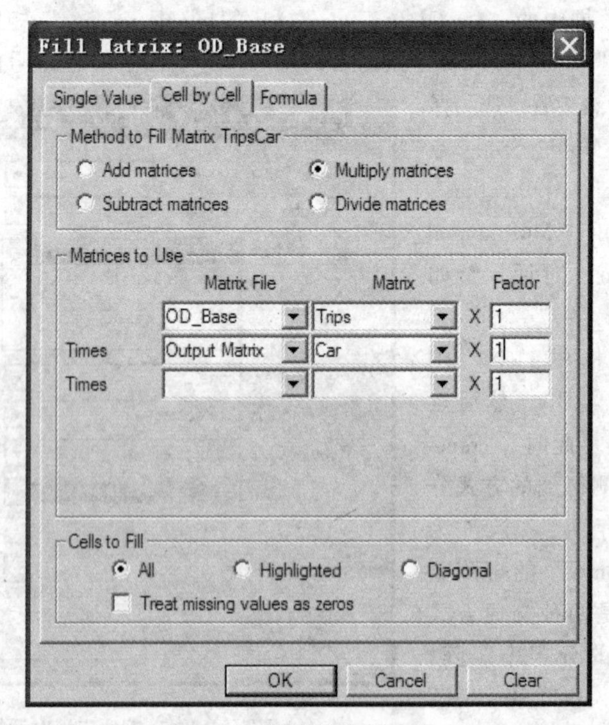

图 5-7 矩阵填充对话框

“Fill”。此时 TransCAD 弹出“Fill Matrix”对话框，如图 5-7 所示。

在该对话框中，选择“Cell by Cell”选项卡，然后勾选“Multiply matrices”，在“Matrix File”和“Matrix”下分别选择“OD_Base”、“Trips”和“Output Matrix”、“Car”，这样就将全方式出行分布矩阵与小汽车分担率矩阵进行了相乘，结果填充到了“TripsCar”子矩阵中。类似的操作方法，可以将全方式出行分布矩阵与公交车分担率矩阵进行相乘，并将结果填充到“TripsBus”子矩阵中，这样就得到了两种方式的出行分布矩阵。

5.3　本章小结

本章介绍了在 TransCAD 中用 Logit 模型预测小区间分方式出行分布量的方法。通过本章的学习，读者应达到如下目标：

1）了解方式划分预测所需的基础数据。

2）掌握创建出行方式表的方法。

3）掌握 Logit 模型参数估计的操作步骤。

4）掌握应用 Logit 模型预测方式分担率的方法。

5）掌握矩阵相乘的操作步骤，并了解矩阵的其他运算功能。

第6章　交通分配与O-D反推

交通分配是交通需求预测四阶段法的最后一个阶段，其目的是将各种出行方式的O-D矩阵按照一定的路径选择原则分配到交通网络中的各条道路上，求出各路段上的流量及相关的交通指标。而交通分配的反过程则是O-D矩阵反推，它可以通过路段观测交通量快速获取O-D矩阵。本章首先简要回顾交通分配与O-D矩阵反推的基本原理与方法，然后结合实例分别讲解在TransCAD软件中进行交通分配和O-D矩阵反推的操作步骤。

6.1　基本原理与方法

6.1.1　基本概念

交通分配可以归纳为问题形式——已知：①交通网络的有向图表示形式；②路段阻抗函数；③O-D矩阵；求解：网络中各路段的交通量及阻抗值。其中，交通网络的有向图形式是交通网络的数学化描述，是进行交通分配等交通分析的基础；各种方式的O-D矩阵一般由交通方式划分预测过程获取，或者从实际O-D调查中得到；路段的阻抗函数应能反映实际道路路段上行程时间与路段流量之间的关系（流量越大，车速越低，行程时间也就越长），典型的路段阻抗函数如图6-1所示。

目前在实际工作中较常用的路段阻抗函数是BPR阻抗函数，它具有如下的函数形式

$$t_a = t_a(0)\left[1 + \alpha\left(\frac{V_a}{C_a}\right)^\beta\right] \quad (6\text{-}1)$$

式中，t_a为路段a的行程时间；C_a为路段a的通行能力；V_a为路段a的流量；$t_a(0)$为路段a上的零流时间；α、β是待标定的参数，BPR建议取$\alpha=0.15$，$\beta=4$，也可以根据实测数据进行标定。

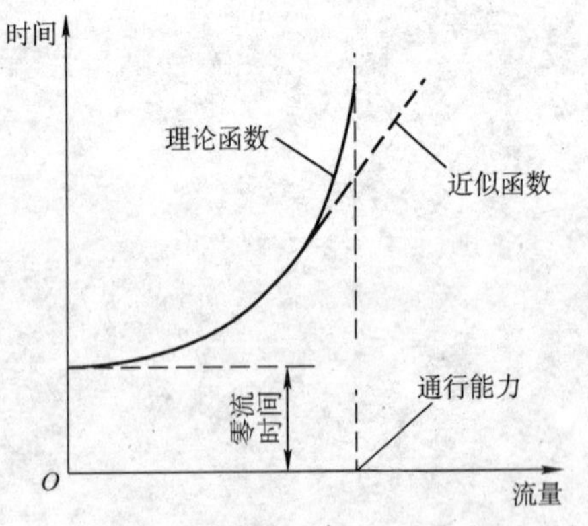

图6-1　典型的路段阻抗函数示意图

一般的交通网络中，每一O-D对之间有很多条路径，如何将O-D量正确、合理地分配到这些路径上是交通分配问

题的核心。正确的交通分配方法应能较好地再现实际交通状态，这种交通状态是出行者路径选择的结果。因此，出行者路径选择准则成为交通分配问题建模和求解的前提。

Wardrop（1952）提出了两个著名的有关出行者路径选择行为准则的原理，分别是用户平衡（User Equilibrium，简称UE）原理和系统最优（System Optimum，简称SO）原理。

用户平衡原理假定：所有出行者独立地做出令自己的行驶时间最小的决策，在所导致的网络流量分布状态里，同一O-D对之间所有被使用的路径的时间是相等的，并不大于任何未被使用路径的时间。这样一种流量分布状态被称为用户平衡状态，在这种状态下，没有人能够通过单方面改变自己的路径来达到降低自己时间的目的。

系统最优原理假定：所有人的出行能够令网络总时间最小，这就是说，有一个中央组织者协调所有人的路径选择行为，大家也都听从该组织的指挥。这样出行导致的流量分布状态被称为系统最优状态。在普通的交通网络中是不可能出现第二原理所描述的状态，除非所有的出行者互相协作为系统最优化而努力，但第二原理可以作为系统的评价指标，为交通规划和管理人员提供了一种决策方法。

6.1.2 平衡分配模型

在1952年Wardrop提出交通网络平衡的概念和定义后，如何用数学工具描述并求解网络平衡成了当务之急。1956年，Beckmann等人提出了用于描述UE原理的一种数学规划模型，该模型形式如下

$$\min: Z(X) = \sum_a \int_0^{x_a} t_a(w)\,\mathrm{d}w \tag{6-2a}$$

$$\text{s.t.} \quad \sum_k f_k^{rs} = q_{rs}, \quad \forall r,s \tag{6-2b}$$

$$f_k^{rs} \geqslant 0, \quad \forall r,s \tag{6-2c}$$

$$x_a = \sum_{r,s} \sum_k f_k^{rs} \delta_{a,k}^{rs} \quad \forall a \tag{6-2d}$$

式中，x_a为路段a上的交通流量；t_a为路段a的阻抗；f_k^{rs}为点对（r，s）间的第k条路径的交通流量；$\delta_{a,k}^{rs}$为0-1开关变量；q_{rs}为点对（r，s）间的O-D量。

Beckmann模型是一个带约束条件的非线性规划问题，在当时的数学发展水平下难以求解。直到20年之后即在1975年才由LeBlanc等将Frank-Wolfe算法（简称FW算法）用于求解这个模型获得成功，从而形成了现在实用的解法。这3点突破是交通分配问题研究的重大进步，也是交通分配问题的基础。FW算法过程较为复杂，本书不再详细介绍，TransCAD中提供了这一方法。

6.1.3 非平衡分配算法

Beckmann 模型在理论上结构严谨、思路明确，但它是一个维数大、约束多的非线性规划问题，对这类问题的算法设计在数学上是一个难度较大的问题。因此，在 1975 年由 LeBlanc 等将 FW 算法用于求解 Beckmann 变换式获得成功之前，很多学者一直在探讨用模拟和近似的方法求解交通平衡分配问题；即使在此之后，由于受限于庞大的问题规模和当时相对落后的计算机技术，研究 UE 分配的近似算法依然是交通分配中的一个重要课题，通常称这类近似算法为非平衡分配算法。常用的非平衡分配算法主要有：

1. 全有全无（All-or-Nothing）算法

这一算法的基本过程是：对于任意一个 O-D 对，将全部出行量都加载到连接这个 O-D 对的当前最短路径上，而其余路径上的加载量为零。这种方法没有考虑路段拥堵效应，所输入的出行时间为固定值，不随着路段的拥堵程度而变化，因此实际中并不常用。但这种算法是其他算法的基础。

2. 容量限制（Capacity Restraint）算法

容量限制分配法是一种不断更新路段阻抗、反复调用全有全无算法，试图达到平衡状态的一种分配算法。这个算法一般无法收敛到平衡解，因此需要设置一个最大迭代次数 N。当迭代次数达到 N 时即终止迭代。

3. 增量分配（Incremental Assignment）算法

增量分配算法是逐步分配交通流量的一种方法。在每一步分配中，根据全有全无法分配一定比例的总流量。每步分配后，根据路段流量重新计算出行时间。当采用的递增次数足够多时，该分配法类似于平衡分配法。但是，该方法不能保证产生平衡解。

6.1.4 随机分配方法

1. SUE 模型

UE 模型假设出行者拥有完备的交通信息，而且能够依据这些信息作出正确的决策。而现实中，出行者在不拥有完备的交通信息下对路段阻抗有着不同的估计，该阻抗可被视为随机变量。随机用户平衡（Stochastic User Equilibrium，简称 SUE）模型就是为了描述这种情况而提出来的。当每个出行者不可能单方面地通过改变路径来减少自己的期望路径阻抗时，即达到随机用户平衡状态。

SUE 模型的分配结果比确定性的 UE 模型的分配结果更接近现实，吸引力小的路径具有较低的利用率，但不会像 UE 方法中那样总是出现零流量。TransCAD 使用逐次平均法（MSA）来计算 SUE，由于该方法的特点，需要使用较多次数的迭代循环。

2. STOCH分配法

相应地，SUE模型也有近似的非平衡分配算法，这就是STOCH分配法。STOCH分配法是将每个O-D对之间的交通流量分配到连接该O-D对的多条可选路径上。分配到一条路径上的流量所占的比例是选择该路径的概率，路径的选择概率是由Logit模型计算的。一般说来，和其他可选路径相比，时间越短的路径，被选择的概率越大。但是，STOCH分配法并不将流量分配到所有的可选路径上，只分配某些有限的较为“合理”的路段上。一条合理的路段是使出行者离出行起点越来越远，离出行终点越来越近。在STOCH分配中路段出行时间输入的固定值，出行时间不随路段流量的变化而改变。因此，该模型不是一种平衡方法，但它的计算速度较快。

6.1.5 O-D矩阵反推

在第2.1.4节已经介绍过O-D调查的原理与方法。据统计，在实际交通规划工作中，O-D调查和统计所花的费用要占项目全部费用的1/3甚至更多。因此探求一种节省费用的调查方法去获得现状的出行分布矩阵就显得十分重要。

一般来说，在道路路段上对交通流进行计数的成本很低，而且很多地方都对这些交通量进行周期性的采集，此外用于公交分析的上下车乘客数量也较容易获取。因此，利用这些数据来创建和更新O-D矩阵的方法是非常诱人的。

交通专家已经开发了这一方法，这就是O-D矩阵反推。该方法把从路段观测交通量推算O-D矩阵看作是交通分配的逆过程，它需要如下的基础数据：

1）路段观测流量数据。注意这里并不需要全部路段的观测流量，只要有选择地直接调查一些重要路段上的断面车流量即可，当然观测路段的数量不能过少。

2）一个基本的O-D矩阵。这个O-D矩阵最好是历史O-D矩阵，如果没有则创建一个值全为1的矩阵也可以。它为两个目的服务：①为输出O-D矩阵设置尺寸；②为反推O-D矩阵提供原始值。

由于O-D矩阵反推是交通分配的逆过程，具体在反推O-D矩阵时，可以选择前述任何一种交通分配算法。

6.2 在TransCAD中进行交通分配

6.2.1 数据准备

在运行交通分配模型之前，需要准备如下三类数据：

1. 出行分布矩阵

在交通方式划分完成后，可以得到各种出行方式的 O-D 矩阵。此时的 O-D 矩阵单位是出行人次，需要将其转换为车辆数（pcu，标准小汽车单位）。转换的方法是使用矩阵运算的功能，将 O-D 矩阵除以单位车辆平均载客数量。例如对于小汽车出行分布矩阵，可以除以小汽车的平均载客数量（1.5 ~ 2.0 左右）。此外，如果出行分布矩阵是全日的，还需要乘以一个高峰小时的比例系数（或比例系数矩阵），将其转换为高峰小时的出行量。更精细的转换可以使用 TransCAD 提供的“Time of Day Analysis”功能，该功能可以参考用户手册，本书不详细介绍。本章的案例操作中，读者可以直接使用练习数据中的“OD_Car. mtx”矩阵文件。

2. 交通网络地理文件

交通网络地理文件是一个线类型的地理文件（创建方法见 2.5 节）。作为交通分配使用的网络对象，线图层数据表中至少要包括两个字段——路段零流行程时间（Time）和路段通行能力（Capacity）。其他字段可以根据需要设置。本章的案例操作中，读者可以直接使用练习数据中的“Street. dbd”地理文件。

3. 小区图层（面类型地理文件）

小区图层的作用是在 O-D 矩阵和交通网络之间建立联系，因为 O-D 矩阵的索引（行列编号）是基于小区的，而路网节点有另外一套编号系统，O-D 矩阵无法直接加载到交通网络上。将小区图层作为中介，可以将以小区编号为索引的 O-D 矩阵转换为以路网节点编号为索引的 O-D 矩阵。本章的案例操作中，读者可以直接使用练习数据中的“TAZ. dbd”地理文件（创建方法见 2.2 节）。

6.2.2 创建小区质心地理文件

在 TransCAD 中打开练习数据中“TAZ. dbd”地理文件，选择“Tools→Export”菜单项，弹出“Export Zone Geography”对话框，如图 6-2 所示。

在该对话框中，“To”后选择“Standard Geographic File”，“ID Field”后选择“ZoneID”，再勾选“Exports as Centroid Points”，然后点击“OK”按钮。此时系统提示保存导出的质心文件，将其命名为“Cent. dbd”并保存在一个独立的文件夹中。这时小区质心层地理文件就创建完毕了。有关小区质心的概念和作用可以参看 2.1.2 节。

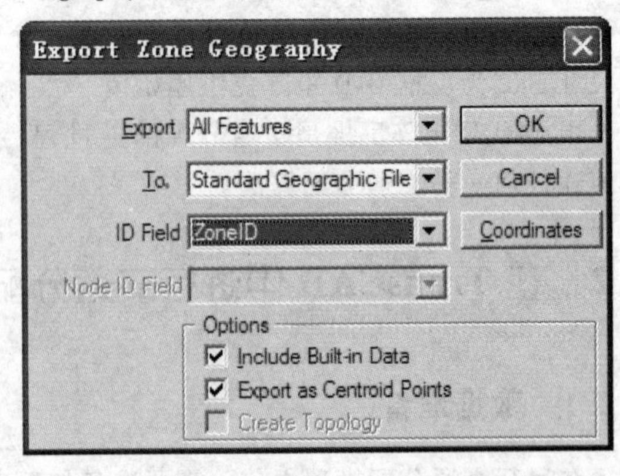

图 6-2 导入小区质心地理文件对话框

6.2.3 将质心连接到路网

在TransCAD中打开练习数据中的“Street.dbd”地理文件，在地图上点鼠标右键，选择快捷菜单中的“Layers”项，首先将Node图层设置为可见，然后用“Add Layer”功能将上一步中创建的“Cent.dbd”地理文件加入到当前地图中，点击“OK”。

将“Node”图层置为当前图层，选择“Dataview→Modify Table”菜单项，在弹出的对话框中为该图层属性数据表增加一个名为“Index”、数据类型为“Integer”的字段。该字段用于下一步中的O-D矩阵索引转换。

将“Zone”置为当前图层，选择“Tools→Map Editing→Connect”菜单项，系统弹出“Connect”对话框，如图6-3所示。

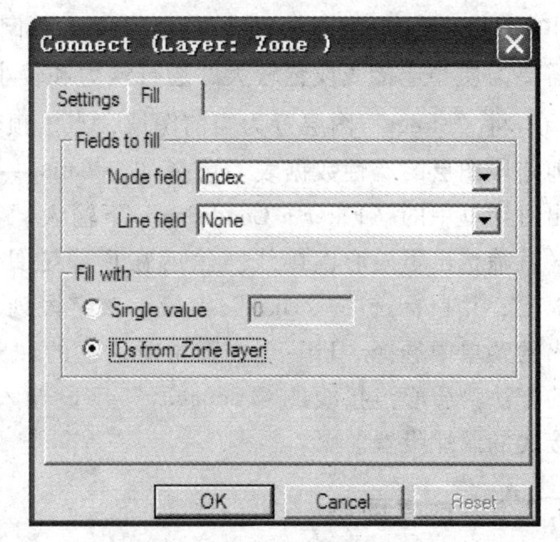

图6-3 节点连接对话框

在该对话框中，选择“Fill”选项卡，在“Node field”后选择“Index”，并勾选“IDs from Zone layer”，然后点击“OK”按钮。此时TransCAD会自动将这些质心点连接到现有的路网中，如图6-4所示。

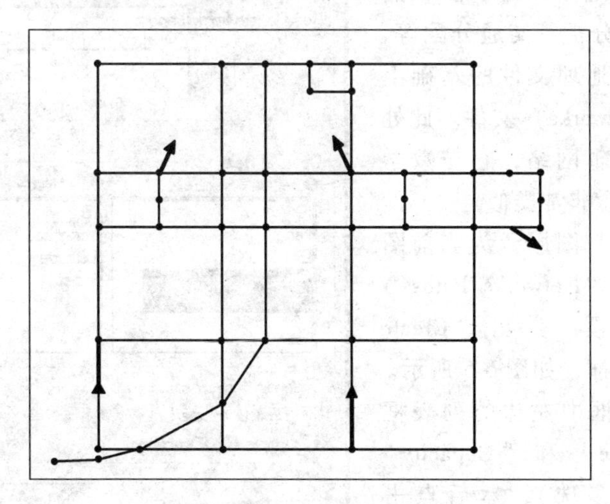

图6-4 连接质心后的路网

用Connect功能连接质心时，系统自动将质心连接到距其最近的路网节点，如果读者需要修改个别连杆，或为个别质心增加多条连杆，可以使用线地理文件编辑工具，具体操作方法见 2.5 节。

6.2.4 设置质心连接线属性

在图 6-4 中，粗线是在质心点和距离它最近的路网节点之间建立的连线，将其称为质心连接线（或连杆）。质心连接线是逻辑上而不是实际中存在的路段，小区的出行量全部通过质心连接线进出路网。为了避免在交通分配中出问题，需要为质心连接线设置较大的通行能力和较小的行驶时间。

将“Street”图层置为当前图层，点击顶部工具栏上的按钮，此时弹出当前路段图层的属性数据表。选择“Selection→Select by Condition”菜单项，在弹出对话框中的“Enter a Condition”下输入“Time = null”，然后点击“OK”，这样就筛选出了质心连接线。然后在顶部工具栏上的下拉列表框中选择“Selection”，用鼠标选中“Time”字段，该字段列将变成黑色。点击鼠标右键，在弹出的菜单中选择“Fill”，在弹出对话框的“Single Value”后输入“0.1”。类似的方法为质心连接线的“Capacity”字段输入“100000”。这样就完成了质心连接线的属性设置。

6.2.5 创建网络

在 TransCAD 中，为路网创建的线类型地理文件只是一个包含了属性数据的地图，为了能在路网中进行路径分析、交通分配等，还需要在这个地理文件的基础上创建网络（Networks）文件。此处的网络是指逻辑网络，它与数学中有向图的概念非常类似。

将“Street”图层置为当前图层，然后选择“Networks/Paths→Create”菜单项，弹出“Create Network”对话框，如图 6-5 所示。

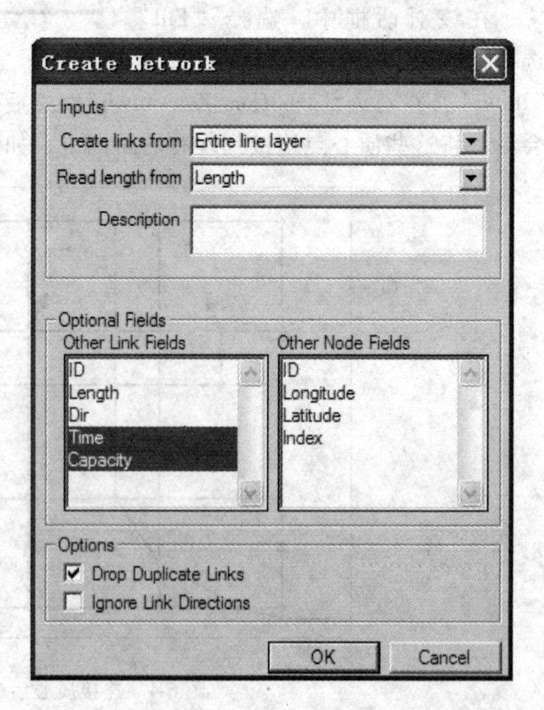

图 6-5 创建网络对话框

在该对话框中左边的列表框中选择“Time”和“Capacity”（按住 Ctrl 键多选），然后点击“OK”按钮。此时系统提示保存创建的网络文件，将其命名为

"Net. net"并保存在相应的文件夹中。

6.2.6 生成小区间阻抗矩阵

生成阻抗矩阵并不是交通分配的必要步骤，它一般用于出行分布预测阶段的重力模型标定，见4.3.1节。

因为只对小区质心之间的阻抗感兴趣，因此需要先对路网节点进行筛选，将小区质心选出。将"Node"图层置为当前图层，选择"Selection→Select by Condition"菜单项，在弹出对话框中的"Enter a Condition"下输入"Index < > null"，然后点击"OK"按钮，这样就筛选出了质心点。然后选择"Networks/Paths→Multiple Paths"菜单项，弹出"Multiple Shortest Paths"对话框，如图6-6所示。

在该对话框中，"Minimize"后选择"Time"，"From"和"To"后均选择"Selection"，勾选"Matrix File"，然后点击"OK"按钮。此时系统提示保存生成的矩阵文件，该矩阵即为小区间的最短出行时间矩阵。如果要生成小区间的最短距离矩阵，则在"Minimize"后选择"Length"，但要注意此时生成的小区间最短距离包括了质心连接线的距离。

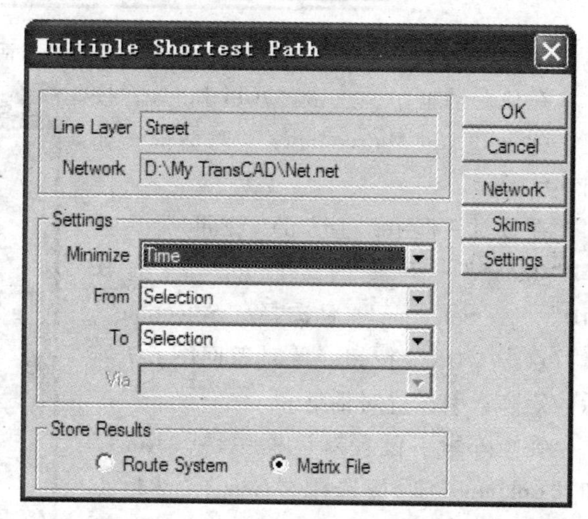

图6-6 多源最短路径对话框

6.2.7 O-D矩阵索引转换

TransCAD在交通分配时只能识别从交通网络节点处进入的出行分布量，因此需要对出行O-D矩阵的索引进行转换（即将矩阵索引由小区编号转换为交通网络节点ID）。

在TransCAD中打开"Street. dbd"地理文件，按照前面的步骤创建网络后，将"Node"图层置为当前图层，选择"Selection→Select by Condition"菜单项，在弹出对话框中的"Enter a Condition"下输入"Index < > null"，然后点击"OK"按钮，这样就筛选出了质心点。

再在TransCAD中打开待分配的O-D矩阵，本例中用的是练习数据中的"OD _ Car. mtx"文件。在打开的矩阵视图单元格上点击鼠标右键，在弹出的快捷菜单中选择“Indices”，此时 TransCAD 弹出“Matrix Indices”对话框，如图 6-7 所示。

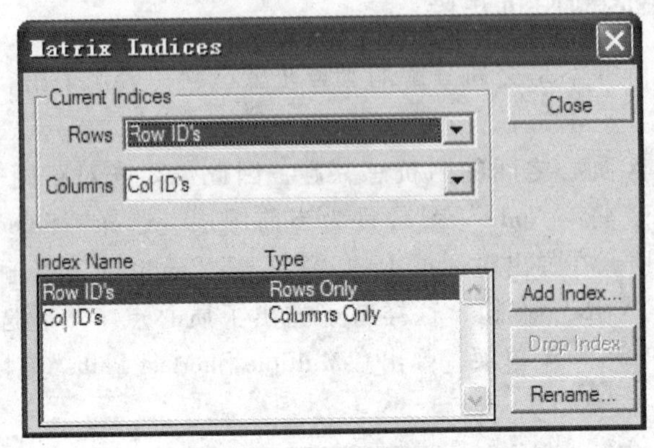

图 6-7　矩阵索引设置对话框

在该对话框中，点击“Add Index”按钮，弹出“Add Matrix Index”对话框，如图 6-8 所示。

在该对话框中，上方的“Field”后选择“Index”，下放的“Field”后选择“ID”，“Selection”后选择“Selection”，然后点击“OK”按钮。此时返回图 6-7 所示的矩阵索引设置对话框。

在矩阵索引设置对话框中，“Rows”和“Columns”后均选择“New”，然后点击“Close”，这样就完成了矩阵索引的转换。转换后的矩阵索引视图如图 6-9 所示。一般而言，转换前的索引（小区编号）往往是规则有序的，而转换后的索引（节点编号）多是无序的，这可以作为判断索引是否转换成功的一个直观依据。

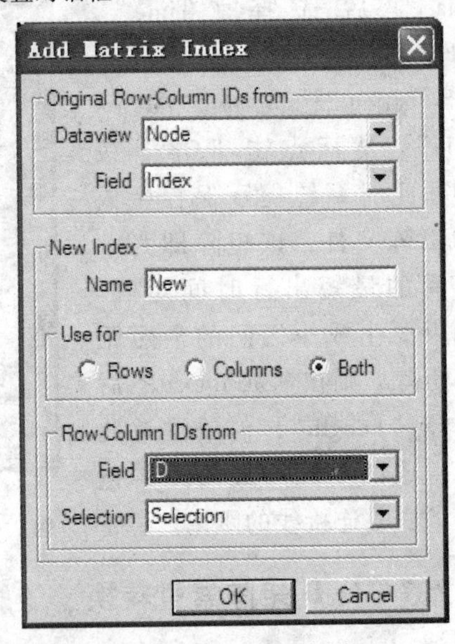

图 6-8　添加矩阵索引对话框

Matrix1 - OD_Car (OD_Car)

	5067	5068	5069	5070	5071
5067	6712.71	228.03	8.07	80.42	301.77
5068	5592.32	13957.20	126.74	1204.12	3785.62
5069	17439.26	1117.13	7545.17	2628.46	5720.98
5070	11209.21	68.44	16.95	3144.16	494.25
5071	17163.02	87.79	150.52	201.68	12680.99

图 6-9　转换后的矩阵索引

6.2.8 运行交通分配模型

进行完前述各项准备工作后，就可以正式运行交通分配模型了。将地图窗口设置为当前活动窗口，然后选择“Planning→Traffic Assignment”菜单项，此时 TransCAD 弹出“Traffic Assignment”对话框，如图 6-10 所示。

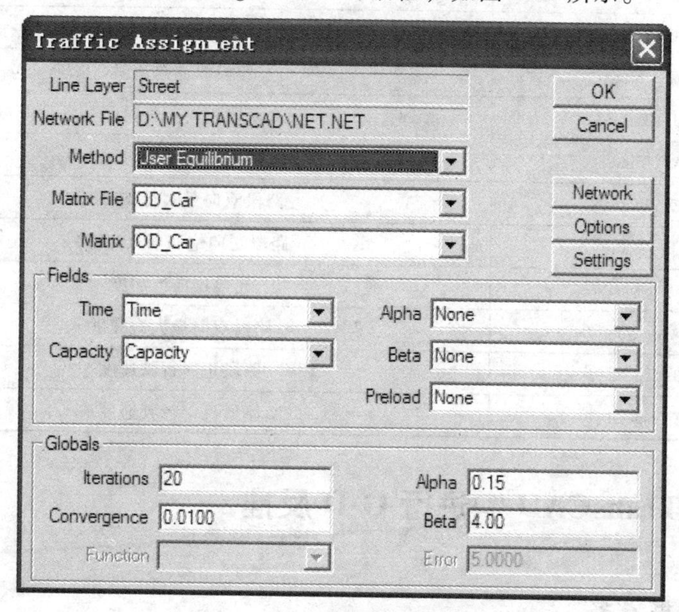

图 6-10 交通分配对话框

在该对话框中，“Method”后是可供选择的各种交通分配方法，“Matrix”后是待分配的矩阵文件，“Time”和“Capacity”后是路段行驶时间和通行能力字段，“Alpha”和“Beta”是默认的阻抗函数参数等。点击“OK”按钮后，TransCAD 会将 O-D 矩阵分配到交通网络中去，产生路段流量表。此时系统提示将该流量表保存成一个数据表文件，使用默认的文件名“ASN _ LinkFlow. bin”，并选择相应的路径对其进行保存。

6.2.9 显示分配结果

运行完交通分配模型后，系统会自动弹出一个数据视图，该视图是路段图层“Street”的属性表与路段流量表“ASN _ LinkFlow”的连接。路段流量表中各字段的含义如表 6-1 所示。

也可以将上述路段流量表以专题地图的形式进行显示，具体方法参考 2.6.2 节“制作路段流量专题地图”。

如果分配结束后关闭了路段流量表数据视图，可以先将当前图层设置为

“Street”，然后用“Dataview→Join”菜单项将“ASN _ LinkFlow. bin”连接到当前地图上，即可进行后续的操作。

表 6-1 路段流量表字段含义

字段名	含 义
AB _ Flow	路段正向流量
BA _ Flow	路段反向流量
TOT _ Flow	路段双向总流量
AB _ Time	路段正向行驶时间
BA _ Time	路段反向行驶时间
MAX _ Time	路段双向最大行驶时间
AB _ voc	路段正向饱和度（V/C）
BA _ voc	路段反向饱和度
MAX _ voc	路段双向最大饱和度
AB _ speed	路段正向行驶速度
BA _ speed	路段反向行驶速度

6.3 在 TransCAD 中进行 O-D 反推

6.3.1 数据准备

O-D 反推是交通分配的逆过程，交通分配是将 O-D 矩阵分配到交通网络上产生了路段流量，而 O-D 反推则是根据交通网络的路段流量去推算可能的 O-D 矩阵。因此，运行 O-D 反推功能，首先要准备一个含有路段流量的交通网络地理文件。另外，为了给输出的 O-D 矩阵设置尺寸，还需要准备一个初始的 O-D 矩阵，它的元素可以全为 1。

6.3.2 运行 O-D 反推模型

在 TransCAD 中打开练习数据中的“ODME. wrk”工作空间文件，将地图窗口置为当前活动窗口。选择“Planning→OD Matrix Estimation”菜单项，此时 TransCAD 弹出“OD Matrix Estimation”对话框，如图 6-11 所示。

在该对话框中，“Method”后是可供选择的各种交通分配方法，“Matrix”后是初始矩阵文件，“Time”和“Capacity”后是路段行驶时间和通行能力字段，“Count”后是路段的观测交通流量，“Alpha”和“Beta”是默认的阻抗函数参数等。点击“OK”后，TransCAD 会弹出“Output File Settings”对话框，如图 6-12 所示。

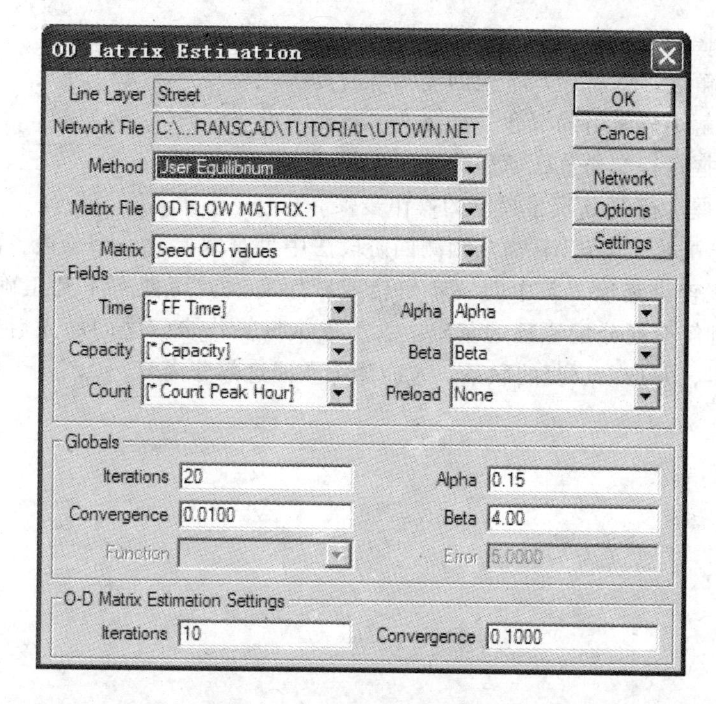

图 6-11　O-D 矩阵估计对话框

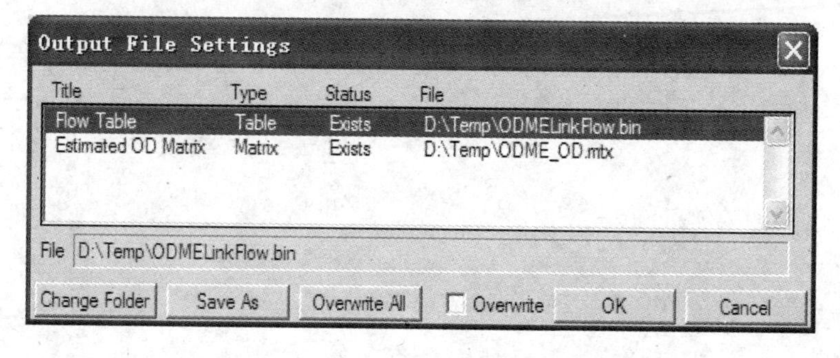

图 6-12　O-D 矩阵反推输出对话框

在该对话框中，列表框中的两行分别是路段流量表和反推得到的 O-D 矩阵，可以通过下方的按钮改变这两个文件的名称、储存路径等。这样就完成了 O-D 矩阵反推工作。

6.4　本章小结

本章介绍了在 TransCAD 中进行交通分配以及 O-D 反推的操作方法。通过本章的学习，读者应达到如下目标：

1）了解运行交通分配模型所需要的基础数据。

2）掌握创建小区质心并将其连接到路网的操作步骤。

3）理解网络的概念，掌握创建网络的方法。

4）理解矩阵索引的概念，掌握索引转换的方法。

5）掌握运行交通分配模型的操作步骤。

6）掌握运行 O-D 反推模型的操作步骤。

交通分配是 TransCAD 需求预测四阶段法中最难掌握的一个阶段，前期准备工作的步骤较为繁琐，若中间一步出错或顺序有误就可能得不到正确的结果。读者应在理解交通分配原理的基础上，重点掌握操作步骤之间的先后关系和每一步的要点，并加以反复的联系，才能熟练掌握这部分内容。

第7章　公交网络建模与分析

上一章中介绍的交通分配方法是专门针对道路交通网络的，由于公交网络与道路网络有较大的差异，因此针对于公交网络的建模与客流分析的方法也不同于道路网络。本章首先简要介绍公交网络建模与分析的基本原理，然后结合实例讲解在TransCAD软件中编辑公交网络和进行公交客流分配的操作步骤。

7.1　基本原理与方法

7.1.1　公交网络的特点

城市公共交通是城市中供公众使用的各种客运交通方式的总称，主要是指定时定线行驶的公共汽车、电车和轨道交通系统等。公共交通系统具有运载量大、运送效率高、能源消耗低、相对污染少、运输成本低等优点。优先发展公共交通已经被世界各国认为是解决大、中城市交通问题的最佳策略，它是城市可持续发展的必由之路。

公交网络是由公交线路和站点构成的，与道路交通网络相比，它具有以下几点特殊之处：

（1）共线　公交线路是运行在道路之上的（部分轨道交通线路除外），因此难免会出现多条线路共同运行在同一条道路路段上的现象，这种现象称为“共线”。

（2）换乘　只有部分乘客能乘坐同一条线路从出发点到达目的地，除此之外，有相当比例的乘客在一次出行中需要乘坐多条线路，线路之间的转换称为换乘。乘客在换乘中往往要多付出时间和代价。

（3）容量和发车间隔　公交线路的能力取决于车辆的容量和发车间隔（车头时距），这一点与道路路段的通行能力有一定区别。

（4）票价　乘客乘坐公交需要支付一定的货币费用，即票价。同一城市不同线路的公交票价制式可能有很大差别，例如有的线路是全程单一票价，而有的线路则是分段计价或按距离计价。

以上几方面的特点决定了公交网络的建模要远比道路网络建模复杂，TransCAD为此提供了专门的公交网络编辑工具。

7.1.2 公交客流分配方法

与道路网络交通分配类似，公交网络客流分配的任务就是将公交出行方式的O-D矩阵按照一定的路径选择原则，分配到公交网络的各条线路上，从而求出公交线路的断面客流量、各站点的乘降量以及换乘站点的换乘客流量等，为公交网络的设计、评价等提供依据。TransCAD提供了最短路径法、路径搜索法和最优策略法等多种公交客流分配方法。本书对最优策略法的原理进行简要介绍。

最优策略法的基本假设是公交出行者从出发点到目的地的路上作出一系列决策，而不是在出发前就计划好他们的行程。我们可以将出行者的每一种可能的出行路线选择都称作一个“出行策略”，而某个特定的出行者所能从中选择的出行策略的数目，是由该出行者对路网情况掌握的多少决定的。因此，为了使选择路径的方法更具有普遍性的意义，假设出行者所得到的路网信息只是他在等车时所获得的那么多，换句话说，决定其出行策略的因素只取决于他在出行过程中得到的信息。

例如，对于图7-1所示的简单公交线路，一个出行者欲从A站到达B站，他所能采取的出行策略是：“在线路1和2之间乘坐先来的那路车；如果乘1线，则在B站下车；如果乘2线，在Y站换乘3或4到B站”。在这样的出行策略中，可以在每一个站点给出一个线路集以及与每条线路所对应的出行者的下车站点。以上方法可总结为：

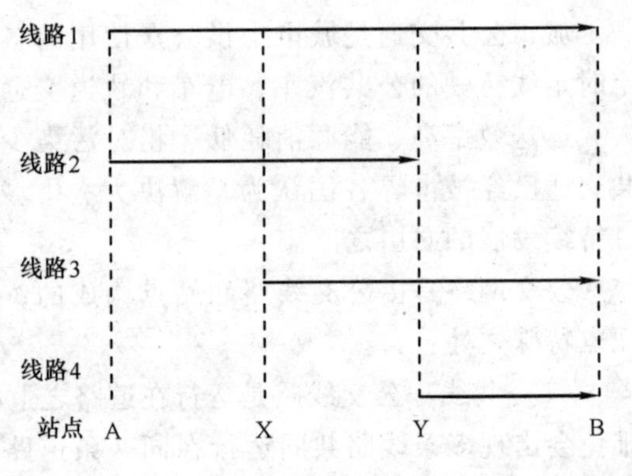

图7-1 公交出行线路选择示意图

1）将N站置于出行的起点。

2）在通过N站的线路中乘坐最先到达的那一条线路。

3）在预先已由路线确定的站点下车。

4）若还未到达终点，则将N置于现在所在的站点并返回第2步；反之，出行过程结束。

7.2 在TransCAD中编辑公交网络

7.2.1 创建路线系

在TransCAD中，公交网络被储存在一类特殊的地理文件——路线系文件中，这个文件包含了公交线路（Route）和公交站点（Route Stops）两个地理文件。路线系必须在已有的线类型地理文件（底层路网）的基础上创建。此外，还可以在路线系中包含物理站点（Physical Stops）。物理站点是独立于公交线路的站点，其概念类似于道路旁的公交站台，而线路站点的概念则类似于站台上某条公交线路的站牌。在公交网路分析应用中，线路站点是必须要创建的，而物理站点则可以根据需要选择是否创建。为简化相关操作，本书中所建立的路线系中不包括物理站点。

启动 TransCAD，打开练习数据中的“Steet. dbd”文件，鼠标点击顶部工具栏的按钮，弹出“New File”对话框。选择列表框中的 Route System 选项，点击“OK”。此时弹出“New Route System”对话框来，如图 7-2 所示。

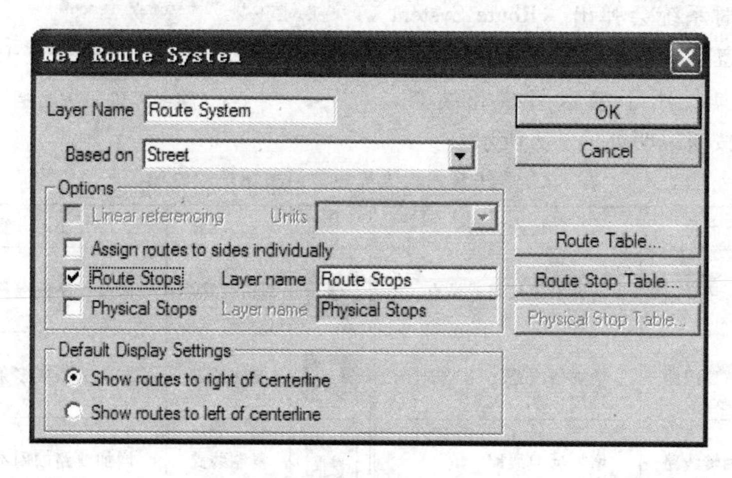

图 7-2　新建路线系对话框

在该对话框中，勾选“Route Stops”前的选择框，然后分别点击“Route Table”按钮和“Route Stop Table”按钮，为公交线路和公交站点两个图层设置属性字段。设置方法与线地理文件路段和节点属性的设置方法类似（参看 2.5 节），需要设置的具体字段如表 7-1 所示。

表 7-1　公交线路和站点属性设置说明

所属图层	字段名	字段类型	含义
Route System	Headway	Real	发车间隔
Route System	Fare	Real	票价
Route System	Capacity	Integer	容量
Route Stops	NodeID	Integer	底层路网节点 ID
Route Stops	StopName	Character	站点名称

公交线路和站点属性设置完成后，点击对话框中的“OK”按钮，此时系统

提示将新建的路线系文件保存，将其命名为“Route. rts”，然后保存在指定的文件夹中。读者也可以打开练习数据中的“Route. rts”文件进行后续操作。

7. 2. 2 编辑公交线路和站点

1. 启动路线系编辑工具栏

编辑公交线路之前，首先需要为底层路网创建网络文件，具体创建方法见6. 2. 5 节。

网络创建完成后，将“Route System”置为当前图层，然后选择“Route Systems → Editing Toolbox”菜单项，此时系统会弹出“Route System Toolbox”工具栏，如图 7-3 所示。

图 7-3 路线系编辑工具栏

该工具栏用于编辑路线和站点，常用到的按钮说明如表 7-2 所示。

表 7-2 路线系编辑工具栏常用按钮功能说明

按钮	名称	使用方法	按钮	名称	使用方法
	选择	选择一条线路或站点		编辑线路名	修改线路的名称
	新建线路	增加新线路		删除线路	删除一条或多条线路
	翻转线路	增加反向线路		复制线路	增加线路的副本
	重排线路	改变已有线路的路段走向		延伸线路	从线路的开头或结尾延长线路
	删除片段	删除一段线路上的某些路段		插入片段	向一条线路上插入新的一段
	新建站点	将站点加到线路上		编辑物理站点	允许物理站点的编辑
	移动站点	改变线路上站点的位置		删除站点	从线路上移走站点
	绿灯	保存对线路的更改		红灯	忽略对线路的更改
	设置	设置路线系统编辑选项			

2. 添加一条公交线路

在编辑公交线路时，先选择路线系编辑工具栏中的按钮，然后用鼠标沿着公交车所经过的道路路段添加一条线路，双击后完成线路添加。此时，系统弹出“New Route Name”对话框，如图 7-4 所示。

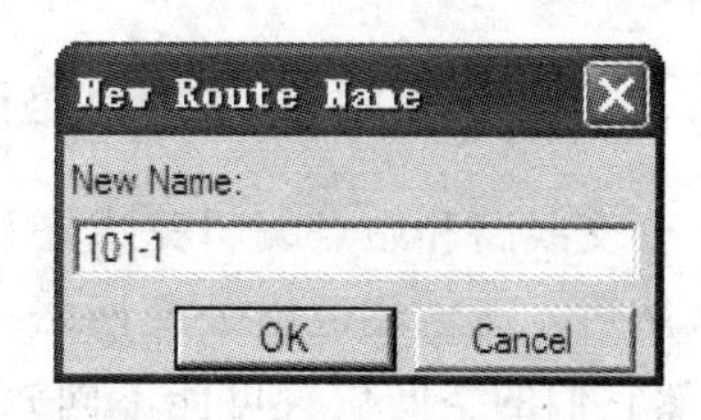

图 7-4　新线路名称对话框

在“New Name”下的文本框中输入线路名称，注意此时是添加的一条单向线路，因此需要用一个后缀区分上行还是下行。本书中用 0 代表上行，1 代表下行。点击“OK”后系统会添加一条线路到路线系中，然后点击绿灯按钮即可保存该条线路。

完成一条线路编辑后，还需要为其输入线路属性数据。将“Route System”置为当前图层，然后点击顶部工具栏中的按钮，弹出线路图层的属性表数据视图，在此可以为该条线路输入发车间隔、票价、容量等信息。

3. 输入公交线路站点

用路线系编辑工具栏中的按钮选中上一步中新建的线路，然后选择工具栏中的按钮，在线路上依次单击即可输入线路途径的各停靠站点。如果要移动站点位置，可以选择工具栏中的按钮。编辑完成后，按绿灯按钮保存。

如果要编辑各站点的属性，需要先将“Route Stops”置为当前图层，然后用右侧工具栏中的按钮点击站点，再在弹出的数据视图中输入站点名称等属性。

4. 输入反方向公交线路

通过前面的步骤，完成了一条单向公交线路及其站点的输入。一般的线路上下行方向经过的道路路段及停靠站是相同或大部分相同的，因此输入反方向线路时可以采用线路翻转的功能快速完成。

点击路线系编辑工具栏中的按钮，然后用鼠标选定一条已建好的公交线路，此时系统会弹出与图 7-4 所示一样的对话框，要求输入线路名称。例如对于名称为“101-1”的线路，其反向线路可以命名为“101-0”。

输入完成后点击“OK”，系统会自动添加一条反向公交线路，而且正向线路中所包含的站点及属性（站名等）均已自动添加到反向线路中。对于上下行经过不同路段的公交线路，可以用工具栏中的按钮调整其线路走向，读者可自行实验。

重复上述步骤，可以添加多条公交线路到路线系中，构成公交线网。此处需要提示的是，如果同一路段上有多条线路通过，用鼠标选择某一条线路时，系统会弹出“Pick One Route”对话框来，用户需要自己指定要选择的是哪一条线路。

7.2.3 将相邻站点合并到路网节点

公交线路和站点编辑完成之后，需要先将相邻站点合并到底层路网的节点上，然后才能创建逻辑公交网络。合并后的站点将在逻辑上被认为是一个站点(虽然它们的空间位置可能不同)，在任何已经合并了的站点之间没有旅行时间延误。由于实际的公交站点常设置在路网中的交叉口附近，因此这样处理是可以接受的。但如果公交站点设置在距离交叉口较远的路段中间，则最好在该站点位置为路段添加一个节点。这样做不会对道路网络的分配产生任何影响，但会提高公交网络分配的精度。

在合并相邻站点到路网节点时，需要保证站点图层有一个专门的字段用于存储路网节点编号。在本节案例中，表 7-1 所示的 NodeID 是用来存储路网节点编号的字段。

在 TransCAD 中将“Route System”设置为当前图层，然后选择“Transit → Tag Stops to Node”菜单项，系统会弹出“Tag Stops to Node”对话框，如图 7-5 所示。

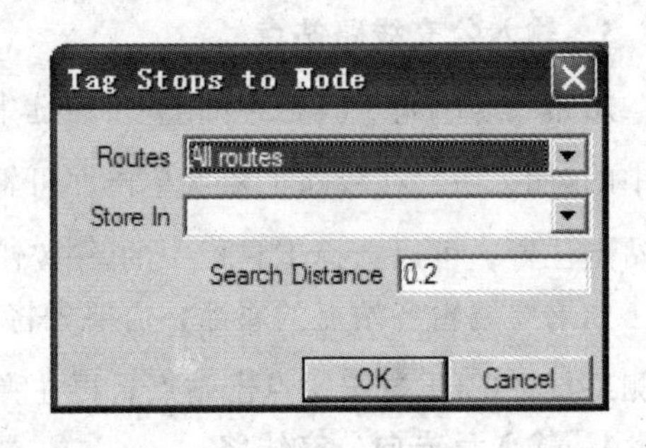

图 7-5 合并站点到节点对话框

在该对话框的“Store In”后选择“NodeID”，然后点击“OK”，这时系统会自动将相邻站点合并到路网节点中。可以打开“Route Stops”图层的属性数据表查看 NodeID 字段，如果操作正确，NodeID 字段中将全部被填充上相应的节点编号。

如果有个别站点的 NodeID 字段为空，说明在其附近没有路网节点。这时可以返回到上一步，在图 7-5 所示对话框的“Search Distance”后输入一个稍大些的数值，或者在该站点所在的路段上添加一个路段节点。

7.2.4 创建公交网络

上述工作完成后，可以开始创建公交网络。公交网络的含义与 6.2.5 节中交通网络的含义类似，创建方法也非常接近。

在 TransCAD 中将“Route System”设置为当前图层，然后选择“Transit → Create Network”菜单项，系统会弹出“Create Transit Network”对话框，如图 7-6 所示。

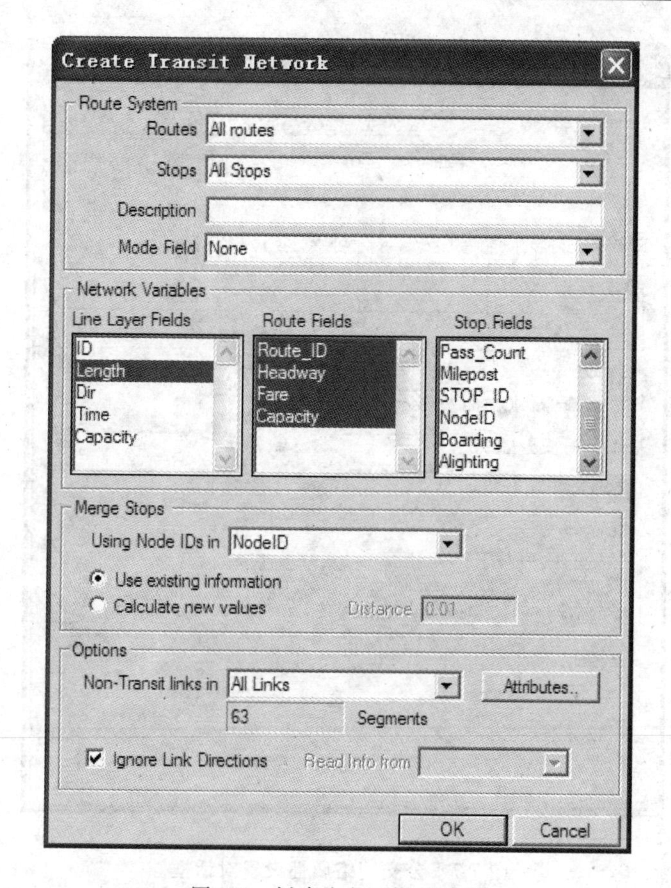

图 7-6　创建公交网络对话框

在该对话框中，左侧的列表框中选择“Length”，中间的列表框中选择全部字段，下方的“Non-Transit links in”后选择“All Links”（当路网规模较大时，也可以仅选择部分路段作为非公交路段，请参看手册），然后点击“OK”按钮。此时系统提示保存新建的公交网络文件，将其命名为“BusNet. tnw”并保存。此时系统弹出一个“Transit Network Settings”对话框，如图 7-7 所示。

公交网络的属性设置非常复杂，有很多参数需要设置。这是由公交出行链的复杂性导致的，因为公交乘客在出行过程中，选择线路时不仅要考虑各条线路（或线路组合）的票价、距离，还要考虑换乘时间、换乘费用、候车时间（与发车间隔相关）、步行时间等多种因素。每种因素都在整个公交出行链中占有不同的权重，这些权重因子需要进行一一确定。

一种简单的办法是通过查找公交最短路径来反复调整各种权重因子。网络创建完成后，将“Route Stops”置为当前图层，然后选择“Transit → Shortest Path”菜单项，此时系统会弹出“Transit Shortest Path Toolbox”工具栏，如图 7-8 所示。

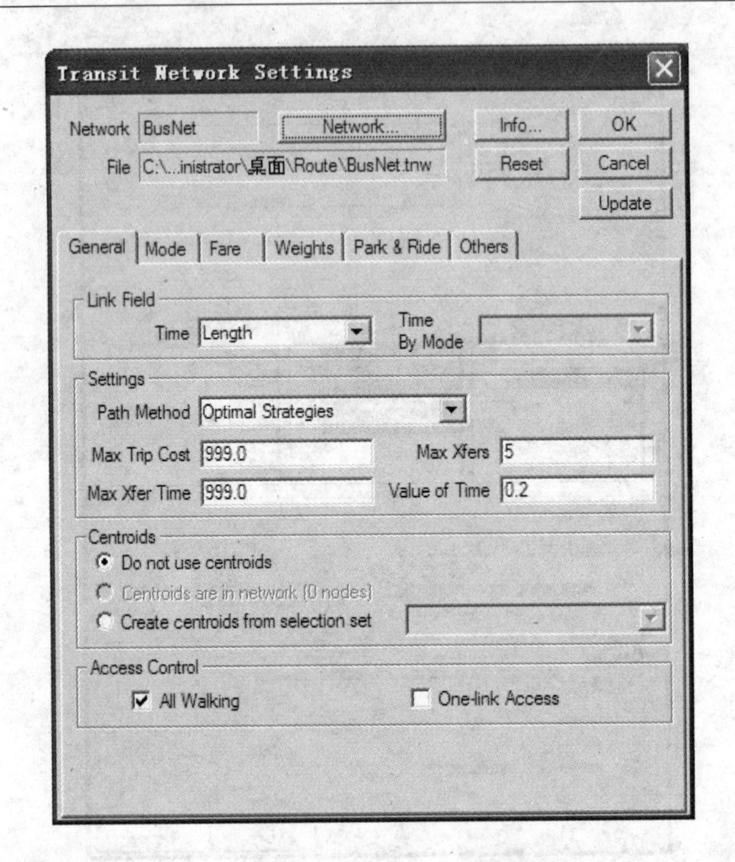

图 7-7　公交网络属性设置对话框

点击按钮选择起点和终点处的公交站点，然后点击按钮查找公交最短路径。反复尝试查找多种情况下（直达、换乘、步行 + 换乘等）的公交路径选择结果。如果得到的路径与一般出行者选择情况相符合，则说明公交网络属性设置是基本可行的，反之则需要调整公交网络属性设置对话框中的各种权重因子，直到满意为止。

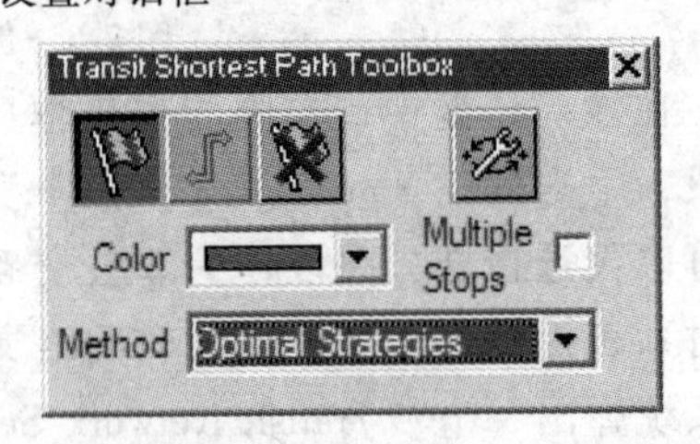

图 7-8　公交网络最短路径工具栏

7.3　在 TransCAD 中进行公交客流分配

7.3.1　数据准备

与道路网络交通分配类似，进行公交客流分配前也需要准备两类基础数据：

一是公交逻辑网络，通过上一节中介绍的步骤可以建立这种网络；二是公交客流分布的O-D矩阵，可以直接使用方式划分预测后得到的公交矩阵，不需要进行额外的单位转换（单位都是人次）。公交矩阵的索引可以使用路网节点编号，也可以使用站点编号。

7.3.2 运行公交客流分配模型

打开练习数据中的“TransitAss. wrk”工作空间文件，选择“Transit → Transit Assignment”菜单项，系统弹出“Transit Assignment”对话框，如图7-9所示。

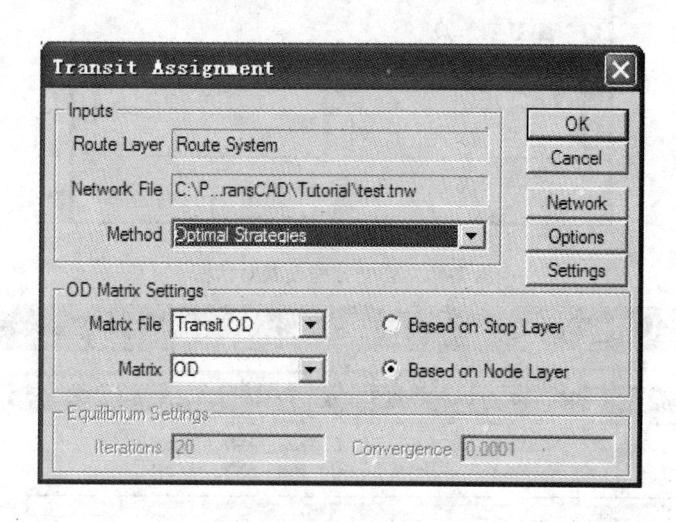

图7-9 公交分配对话框

在该对话框中，“Method”后是可供选择的公交客流分配方法，TransCAD提供了最短路径法、路径搜索法、最优策略法、用户平衡分配法和随机用户平衡分配法等多种方法供选择。“Matrix”后是待分配的公交客流矩阵。点击“Options”按钮，弹出“Transit Option Settings”对话框，如图7-10所示。

在该对话框中，可以设置公交分配的输出结果，包括计算线路断面客流、合计线路断面客流到路段、创建客流专题图三个选项。全部勾选后点击“OK”按钮，将返回图7-9所示的对话框，再点击“OK”按钮后完成公交客流分配。此时，系统弹出“Output File Sttings”对话框，如图7-11所示。

该对话框的列表框中有四个分配结果文件，分别是：

1. Flow Table，线路客流量表

线路客流量表显示公交网络中各条线路上每两个站点之间的断面客流量，断面通过其始点和终点处的车站编号来识别。

2. Walk Flow Table，步行流量表

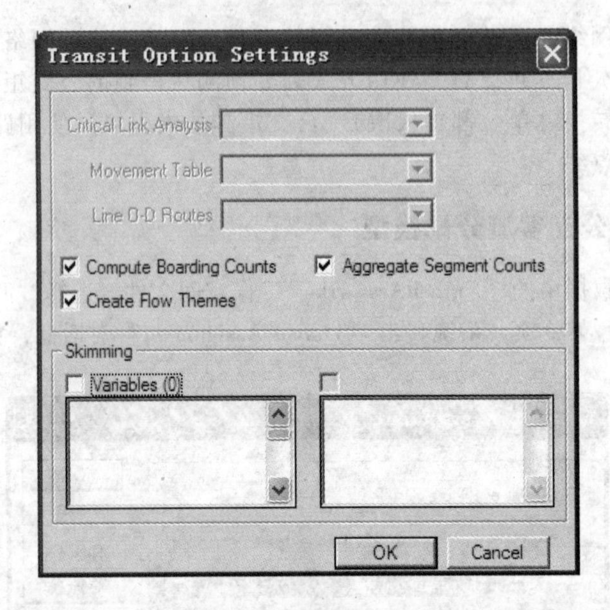

图 7-10 公交分配设置对话框

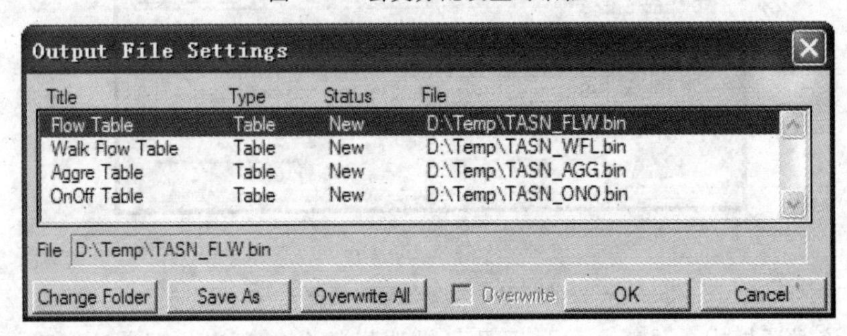

图 7-11 输出文件设置对话框

如果公交网络含有非公交路段，TransCAD 根据非公交路段产生一个步行流量表，表中的每个记录对应一条非公交路段上的正向和反向流量。

3. Aggre Table，合并后的线路客流量表

几条公交线路常常沿着同一条道路运行（即共线），合并后的线路客流量表给出共用一条道路的所有公交路线上的合计客流量，其形式与路线客流量表类似。需要注意的是，该表把共线的几条线路上的所有公交乘客量随机的合计到某一条线路上，因此在分析该表中的结果时要仔细。

4. OnOff Table，站点乘降量表

站点乘降量表中包含了各线路、各站点处的上车量和下车量。如果想汇总位于同一位置的不同线路站点的总乘降量，可以选择“Transit → Aggregate On/Off Counts”菜单项，将相邻站点的乘降量合计到距其最近的路网节点上。

可以在该对话框中修改上述分配结果的文件名称、储存位置等，并可以将这些数据表连接到地图中进行专题制图，读者可自行实验。

7.4　本章小结

本章介绍了在 TransCAD 软件中编辑公交网络和进行公交客流分配的方法。通过本章的学习，读者应达到如下目标：

1）了解路线系、公交线路、公交站点、物理站点的概念与相互关系。

2）掌握创建小区质心并将其连接到路网的操作步骤。

3）掌握将站点合并到路网节点的方法。

4）理解公交网络的概念，掌握创建公交网络和设置公交网络参数的方法。

5）掌握运行公交客流分配模型的步骤。

为方便初学者快速掌握 TransCAD 中公交网络建模与分析的基本方法，本章对一些内容进行了简化处理，许多重要的问题没有涉及，例如公交 O-D 矩阵推算、步行网络的建立、公交模式表的创建、票价区域的应用等。这些问题在实际的公交网络建模与分析工作中是经常用到的，限于篇幅本书不再详细介绍，感兴趣的读者可以参考 TransCAD 的用户手册。

第8章 交通规划方案技术评价

交通规划方案技术评价是交通规划方案综合评价的一个重要组成部分。由于交通网络的复杂性，手工计算交通网络的技术评价指标是非常耗时的，而借助 TransCAD 强大的 GIS 分析功能，可以辅助规划者快速完成这些工作。本章首先简要介绍交通规划方案技术评价的基本原理与方法，然后结合实例讲解在 TransCAD 软件中进行道路及公交网络主要技术性能指标分析计算的步骤。

8.1 基本原理与方法

8.1.1 基本概念

交通规划包括交通调查、交通预测、方案设计、方案评价四项主要工作内容。目前在交通规划工作中的方案设计阶段多是采用定性的方法，不同的设计者由于其经验和偏好不同，设计出来的方案可能会迥然不同，这时必须要用数学方法去定量地评价这些方案的优劣，从中选择最优的方案，这就是规划方案的评价。

交通规划的方案评价主要包括三个方面：即技术评价、经济评价和社会环境影响评价。交通规划的技术评价是从交通网络的建设水平和技术性能方面，分析其建设规模与社会经济发展的适应性、交通网络的内部结构和功能；交通规划的经济评价是指以交通网络为整体的经济效益分析，通过比较各规划方案的建设、运营成本和效益，结合规划期的未来资金预测，对方案的经济合理性进行分析论证；而交通规划的社会环境影响评价则是分析交通网络系统对规划区域社会环境方面的作用和影响。以上三种评价各为一个评价子系统，分别以相应的多项单因素为指标，从不同方面对交通网络的性能和价值作出定量或定性的分析判断。最后还要对交通规划方案的整体加以综合评价。

在以上三方面的评价工作中，经济评价与社会环境影响评价往往由相关专业人员完成，交通专业人员主要进行规划方案的技术评价工作。本节分别以道路网络和公交网络为例，介绍其规划方案技术评价的主要指标和计算方法。需要说明的是，这些评价指标对于评价现状交通网络也是同样适用的。

8.1.2 道路网络技术评价指标计算

道路网络技术评价主要是评价交通网络空间布局的合理性、有效性。城市道路网络布局的评价指标主要有路网密度、道路等级比重、网路连接度等。

1. 路网密度

路网密度是指所有道路总长度与城市用地面积之比，即各等级平均道路网密度总和，其计算公式为

$$\text{路网密度}=\frac{\text{城市用地内道路总长}}{\text{建成区用地面积}} \tag{8-1}$$

2. 道路等级比重

道路等级比重是各级道路的比例，即快速路比主干道比次干道比支路。各级道路在城市道路网中所担当的角色不同，合理的道路比重能最大程度地发挥道路运输潜力。

一般来说大城市道路等级比重为：快速路:主干道:次干道:支路 = 1:2.5:4:8 。特大城市的快速路所占比例较多，次干道和支路相对较少；中、小城市则正好相反。

3. 网络连接度

网路连接度是指所有节点连接边数总和与节点的比值，其计算公式为

$$\text{路网连接度指数}=\frac{2\times\text{路网总路段数}}{\text{路网节点总数}} \tag{8-2}$$

网络连接度反映了道路网的通达率，其值越高，道路的通达率越高，道路越成环状，断头路就越少。

8.1.3 公交网络技术评价指标计算

公交网络技术评价指标主要包括公交线网密度、公交线路重复系数、公交线路非直线系数、公交站点覆盖率等。

1. 公交线网密度

公共交通线路网密度指单位城市用地面积上有公共交通线路经过的道路中心线长度，其大小反映居民接近线路的程度。

2. 公交线路重复系数

公共交通线路重复系数是指公共交通营业线路总长度与线路网长度之比值，就某一路段而言，公共交通线路重复系数是该路段上设置的公交线路条数。该指标反映了公交线路空间分布的均匀性。

3. 公交线路非直线系数

公交线路非直线系数是指公共交通线路首末站之间实地距离与空间直线距离之比，其大小反映公交线路的绕行程度。

4. 公交站点服务面积覆盖率

公交站点服务面积指以公交站点为中心，按一定半径计算的圆形覆盖区域面积。公交站点服务面积覆盖率则是这一面积与城市用地面积的比值。我国 GB 50220—1995《城市道路交通规划设计规范》规定站点服务面积应分别以 300 m 和 500 m 为半径计算。

8.2 在 TransCAD 中进行道路网络技术评价

8.2.1 计算道路网密度

由式（8-1）可知，路网密度是城区内道路总长度与城区面积之比，只要知道这两个数值，密度值是非常好计算的。但实际中常遇到有部分路段超出城市建成区边界的情况，这部分路段长度在计算时应该剔除。在 TransCAD 中，可以用剪裁工具辅助完成这一工作。

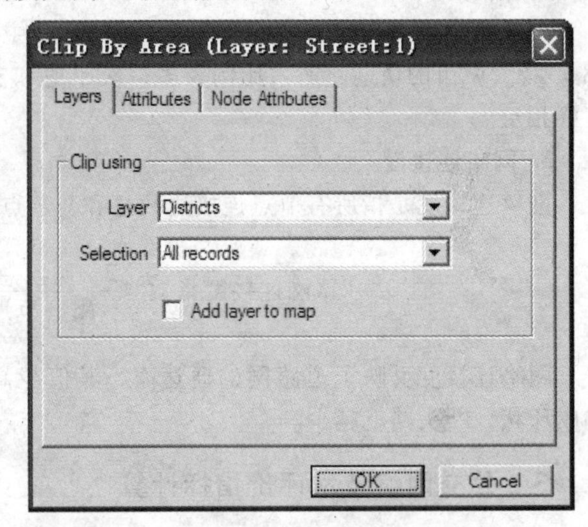

图 8-1 多边形剪裁对话框

启动 TransCAD，打开练习数据中的“Clip. map”地图文件，该地图中包含了两个图层：面层“Districts”是一个城市建成区范围，线层“Street”是城市路网。将“Street”置为当前图层，选择“Tools → Geographic utilities → Clip by Area”菜单项，此时系统弹出“Clip By Area”对话框，如图 8-1 所示。

在该对话框中，勾选“Add layer to map”前的选择框，然后点击“OK”按钮。此时系统提示将剪裁后的路网保存为一个新的地理文件，然后将此文件添加到当前地图窗口，新图层的名字为“Street：1”。打开这个图层的属性数据表，将“Length”一列的数值合计，得到的结果就是建成区内路网总长度。用该值除以建成区面积（“Districts”图层的面积），即得到城区内路网密度。

8.2.2　计算网络连接度

计算网络连接度的方法比较简单。启动 TransCAD，打开练习数据中的“Street. dbd”地理文件，将“Node”图层设置为显示状态。打开该图层的属性数据表后，在 TransCAD 底部状态栏左侧会显示该表格包含多少条记录，即路网中包含的节点个数。同样的方法，也可以查看“Street”图层属性数据表包含的记录条数得到路段数量，然后用式（8-2）即可完成网络连接度计算。

8.3　在 TransCAD 中进行公交网络技术评价

8.3.1　计算公交线网密度

计算公交线网密度，首先应知道当前路网中的哪些路段上有公交线路经过。启动 TransCAD，打开练习数据中的“TransitAss. wrk”工作空间文件，选择“Transit → Fill Line Layer Field with Route Attribute”菜单项，系统弹出“Fill Line Layer Field with Route Attribute”对话框，如图 8-2 所示。

在该对话框中，首先点击“Output 选项卡”，然后在“AB Fill Field”和“BA Fill Field”后均选择“IsRoute”字段，点击“OK”按钮。此时系统弹出对话框提示确认操作，点击“Yes”完成线路属性填充。

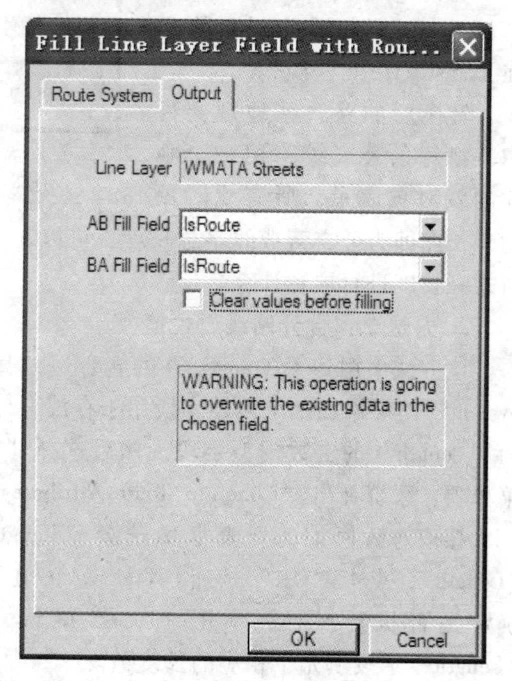

图 8-2　用线路属性填充路段层对话框

此时打开“Street”图层的属性表，凡是“IsRoute”字段中被填充了数值（公交线路编号）的路段，均为有公交车通过的路段。选择“Selection → Select by Condition”菜单项，在文本框中输入“IsRoute < > null”，可将这些路段筛选出来。合计这些路段的长度，再除以城市建成区面积，即可得到公交线网密度。如果有公交线路在城市建成区范围之外的现象，可以采用类似道路网络密度计算的方法，先进行路段剪裁，然后再计算线网密度，读者可以自行实验。

8.3.2 计算公交线路重复系数

公共交通线路重复系数是指公共交通营业线路总长度与线路网长度之比值。线路网长度在前边计算线网密度时已经得出，此处只需进行公交营业线路总长度的计算即可。

1. 方法一：将路线系导出为线类型地理文件

启动 TransCAD，打开练习数据中的“TransitAss.wrk”工作空间文件，选择“Tools → Export”菜单项，系统弹出一个“Export Route System Geography”对话框，如图 8-3 所示。

在该对话框中，“To”后选择“Standard Geographic File”，“ID Field”后选择“Route ID”，然后点击“OK”按钮。此时系统提示将导出的路线系保存为一个线类型的地理文件。将其命名为“ExRoute.dbd”，然后在 TransCAD 中打开它。

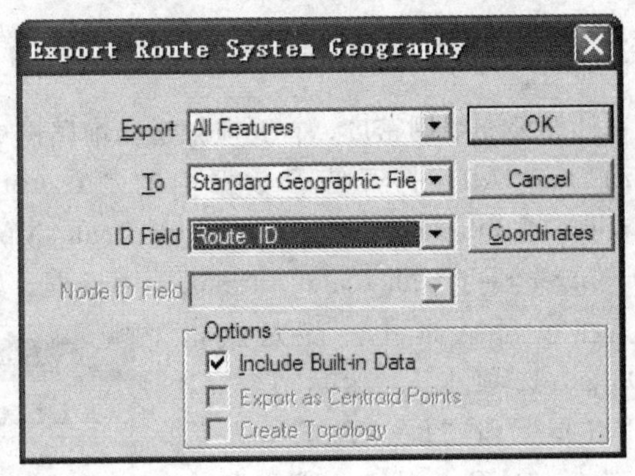

图 8-3 导出路线系地理文件对话框

转换后的路线系地理文件中，将每条公交线路用一个独立的线对象表示，所有线对象的总长度即为公交营业线路总长度，可以在“Route System”图层属性数据表中对这一长度进行求和计算。

2. 方法二：合计路线属性值

该方法中用到了 TransCAD 的合计路线属性功能，应用前需要先为“Route System”图层添加一个属性字段用于存放合计的属性值，在此处为其新建一个名为“Length”的实数类型字段。然后选择“Transit → Compute Route Attributes”菜单项，系统弹出“Compute Route Attributes”对话框，如图 8-4 所示。

在该对话框中，列表框中选择“Length”一行，“Line Field”后也选择“Length”，点击“OK”按钮。TransCAD 显示一个“Confirm”对话框，要用户确定是否执行操作，单击“Yes”确认。此时，系统将每条公交线路的“Length”字段填充了相应的长度值。

8.3.3 计算公交线路非直线系数

线路非直线系数是指公交线路长度与首末站之间空间直线距离之比。上一步已经计算得到了每条公交线路的长度，因此此处的关键是计算线路首末站之间的空间直线距离。一种简单的方法是在上一步将路线系导出为线类型地理文件后，用右侧工具栏中的按钮测量每条线路两端点之间的空间直线距离，然后用线路长度除以这个距离就可以计算出一条线路的非直线系数。但当线路较多时用这种方法非常耗费时间，同时精度取决于鼠标点击位置的准确性。另外一种快速但稍复杂的方法，就是使用 TransCAD 内置的宏语言 GISDK 实现这一功能。

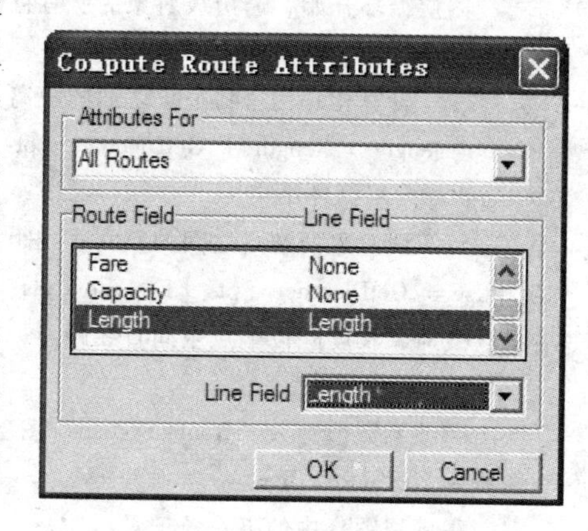

图 8-4　合计路线属性对话框

GISDK（Geographic Information System Developer's Kit）是 TransCAD 自带的一种二次开发语言。应用 GISDK，用户可以编写 TransCAD 的插件（Add-ins）自动完成重复性任务，开发具有个性化界面的应用程序等。下面给出用 GISDK 编程计算线路非直线系数的方法。

首先在 Windows 下新建一个文本文件，将其名称改为“NLFactor. rsc”，注意扩展名必需为“rsc”而不是“txt”。用记事本打开这个文件，在其中输入以下代码：

```
Macro "NLFactor" //宏名称
    //定义一个数据视图 view，名称为“Route System”
    view = "Route System"
    //将“Route System”置为当前图层
    SetLayer (view)
    //定义视图集 view_set，其中包含了一个视图 view
    view_set = view +"| "
    //得到视图集中的第一条记录
    rec = GetFirstRecord (view_set, null)
    //外层循环开始，遍历视图集中的所有记录
    while rec < > null do
        //根据视图中的字段 ID 得到线对象，返回该线对象的所有特征点
        pts = GetLine (view. ID)
        //定义一个距离变量，用于储存线对象长度
        length = 0
```

```
        //内层循环开始，遍历线对象的所有特征点
        for i = 1 to pts.length - 1 do
            //计算相邻两个特征点之间的距离并累加得到线对象长度
            length = length + GetDistance (pts [i], pts [i + 1])
        end //内层循环结束
        //计算线对象两端点之间的空间直线距离
        dist = GetDistance (pts [1], pts [pts.length])
        //线对象长度除以端点空间直线距离，得到线路非直线系数
        fac = length/dist
        //将该系数值写入"Route System"图层的"NLFactor"字段中
        view.NLFactor = fac
        //得到视图集中的下一条记录
        rec = GetNextRecord (view_set, null, null)
    end //外层循环结束
    //计算结束，弹出提示框
    ShowMessage ("Success!")
endMacro //宏结束
```

输入上述代码后，保存“NLFactor. rsc”文件，然后启动 TransCAD，打开练习数据中的“ExRoute. dbd”文件。该文件是用公交路线系导出得到的线类型地理文件，其中包含一个线图层“Route System”，该图层中有一个字段名为“NLFactor”，用于存放线路的非直线系数。选择“Tools → Add-Ins”菜单项，TransCAD 弹出“Add-ins”对话框，选择列表框中的“GIS Developer's Kit”，点击“OK”按钮，此时 TransCAD 中出现了一个“GISDK Toolbox”工具栏，如图 8-5 所示。

图 8-5 GISDK 工具栏

点击该工具栏中的按钮，打开刚才建立的宏代码文件“NLFactor. rsc”，然后再点击按钮，此时 TransCAD 弹出“Test an Add-in”对话框，如图 8-6 所示。

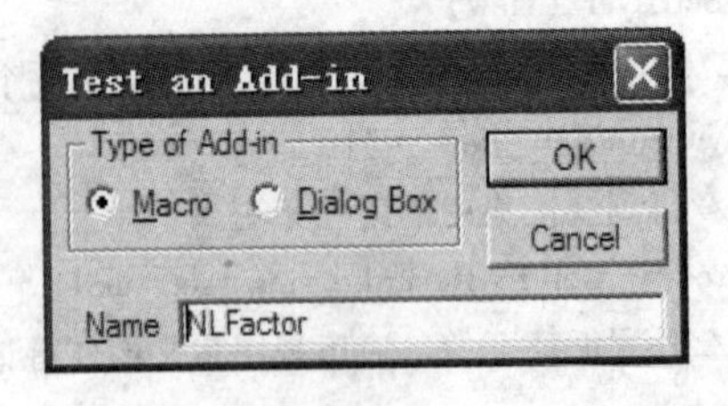

图 8-6 插件测试对话框

在该对话框中，“Name”后输入“NLFactor”，即建立的宏代码的名字，然后点击“OK”按钮。此时 TransCAD 将会运行这个宏代码，并将计算结果填充到“Route System”图层的“NLFactor”字段中。这样就借助 GISDK 快速完成

了所有公交线路非直线系数的计算工作。

GISDK 的功能非常强大，它包含了上千个可调用的函数，学好 GISDK 可以极大地提高用 TransCAD 处理复杂交通分析任务的能力。本节仅给出一个计算线路非直线系数的小例子，读者若需进一步了解 GISDK 的功能和使用方法，可以参考 TransCAD 的联机帮助或手册。

8.3.4　计算公交站点服务面积覆盖率

公交站点服务面积指以公交站点为中心，按一定半径计算的圆形覆盖区域面积。这一概念与 GIS 空间分析中缓冲区的概念非常类似，因此可以用 TransCAD 中的缓冲分析功能计算公交站点服务面积覆盖率。

启动 TransCAD，打开练习数据中的“TransitAss. wrk”工作空间文件，将“Route Stops”置为当前图层，选择“Tools → Geographic Analysis → Bands”菜单项，系统弹出“Bands”对话框，如图 8-7 所示。

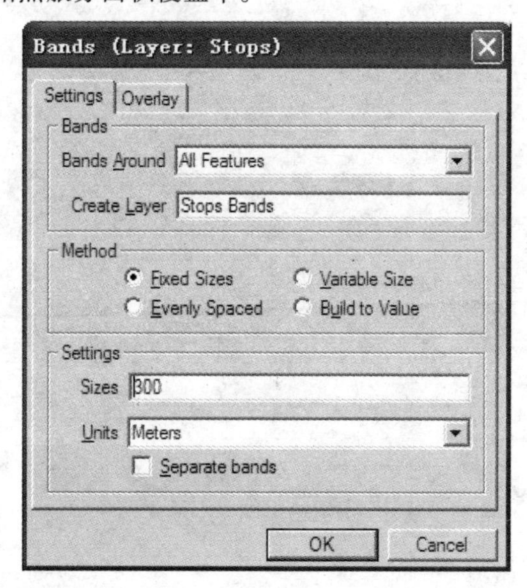

图 8-7　缓冲分析对话框

在该对话框中，“Method”下选择“Fixed Sizes”，“Sizes”后输入 300，“Units”后选择“Meters”，其含义是以站点为中心生成 300 m 半径的缓冲区。点击“OK”按钮后，系统提示将生成的缓冲区保存为一个面类似的地理文件。采用类似的方法，也可以生成 500 m 半径缓冲区地理文件。

在缓冲区面类型地理文件中，属性数据表中的“Area”字段存储的就是所生成缓冲区的总面积。用该面积除以规划区域的总面积，就得到了规划区域的公交站点服务面积覆盖率。如果有公交站点位于规划区域范围之外的情况，则可以用类似 8.2.1 节中的处理方法，先用剪裁工具对其进行剪裁后再进行计算。读者可自行实验。

8.4　本章小结

本章介绍了在 TransCAD 软件中进行道路及公交网络主要技术评价指标分析

计算的方法。通过本章的学习，读者应达到如下目标：

1）了解道路及公交网络技术评价常用的指标，及各类指标的含义和计算公式。

2）掌握用 TransCAD 进行对象剪裁的方法。

3）掌握用 TransCAD 进行缓冲区分析的方法。

4）掌握 TransCAD 中与路线系相关的一系列工具的使用方法，包括将路线系导出为线类型地理文件、合计路线属性值、用路线属性填充路段层等。

5）了解 GISDK 的概念与基本用法。

附　　录

附录 A　TransCAD 5.0 新增功能

2008 年 4 月，Caliper 公司发布了 TransCAD 的 5.0 版本。与 4.x 版本相比，TransCAD 5.0 新增了以下几方面的功能。

1. 全新的用户界面

TransCAD 5.0 更换了工具栏按钮图标，各种工具栏和工具箱均可停靠在窗口任一边缘上。新增了地图显示管理器功能，能方便地对图层及其选择集的样式、显示与否和标签属性等进行设定。新的用户界面（见图 A-1）更加美观，也提高了用户操作的方便性。同时在界面布局、菜单设置等方面与 4.x 版本保持一致，4.x 版本用户可以快速熟悉 TransCAD 5.0 的新界面。

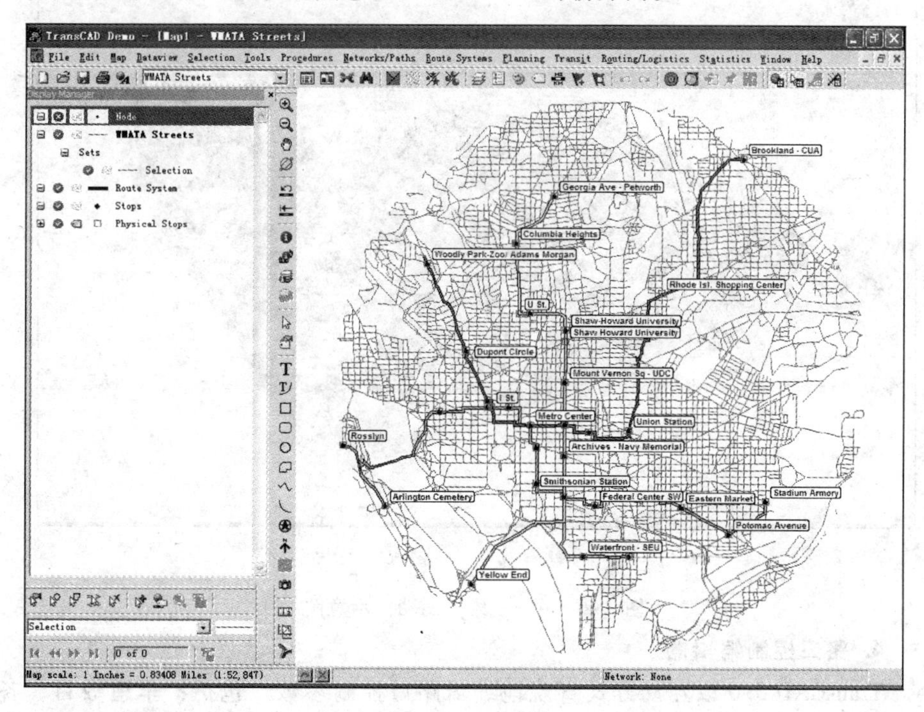

图 A-1　TransCAD 5.0 的地图显示管理器及可停靠工具栏

2. 数据编辑中的复制、粘贴和撤销功能

TransCAD 4.x 在编辑数据表、矩阵时没有提供复制、粘贴功能，与其他

Windows 程序交换数据时只能采用文件导入、导出的方式，较为繁琐。5.0 版本提供了这一功能，通过剪贴板，可以在 TransCAD 和任何其他 Windows 程序之间直接传送行、列和矩阵数据。此外，TransCAD 5.0 提供了撤销命令，可用于撤销对地理文件、矩阵、表格内容等所作的变动。

3. 更丰富的数据展示手段

TransCAD 5.0 在数据展现方面新增了多项功能。网络带动画功能，可以以动画方式显示网络影响带的建立和演变；地图视窗同步功能可以在主从两个视窗之间同步连接后，主视窗的比例尺度变化都能在从属视窗里同步地显示；矩阵三维视图功能用3D棱柱形视图的方式展现矩阵数据（见图 A-2）；地图录像器可将当前地图视窗里的所有操作变化记录到指定的 WMV 文件中；VDF 图表功能则能根据路段的阻抗函数和 VC 比，画出所选路段的速度和时间曲线等。

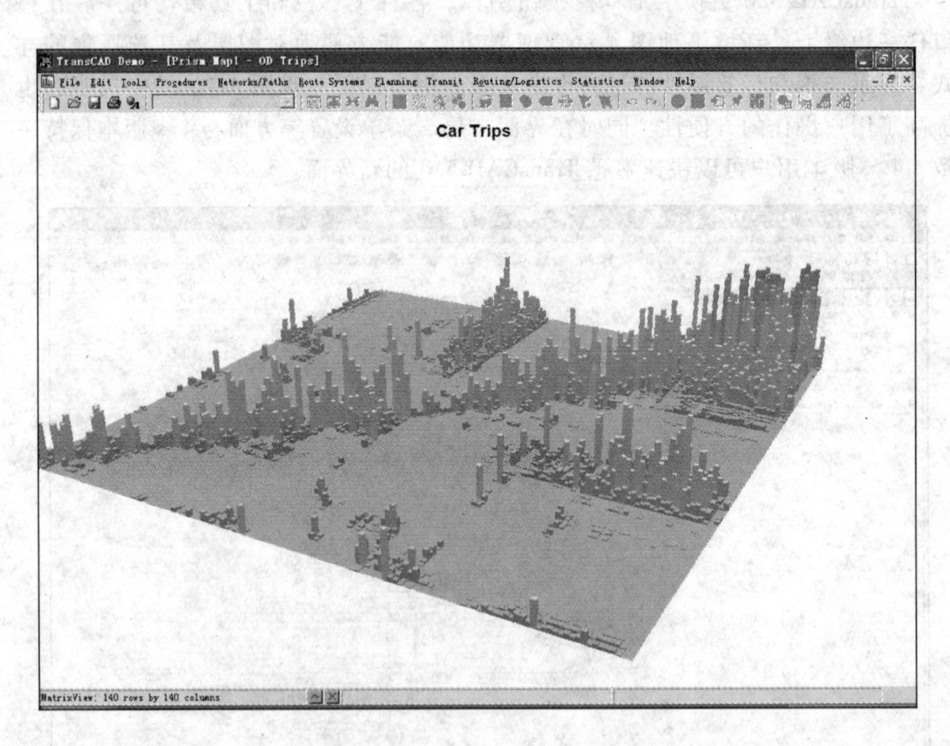

图 A-2 矩阵三维视图功能示意图

4. 路口控制编辑器

TransCAD 5.0 以互动方式直观地编辑路口控制参数，包括：车道数目，各转向车道间的连接，停车让行标志，以及交通信号灯的配时和周期设置等，如图 A-3 所示。

5. 新增多种交通需求分析模型

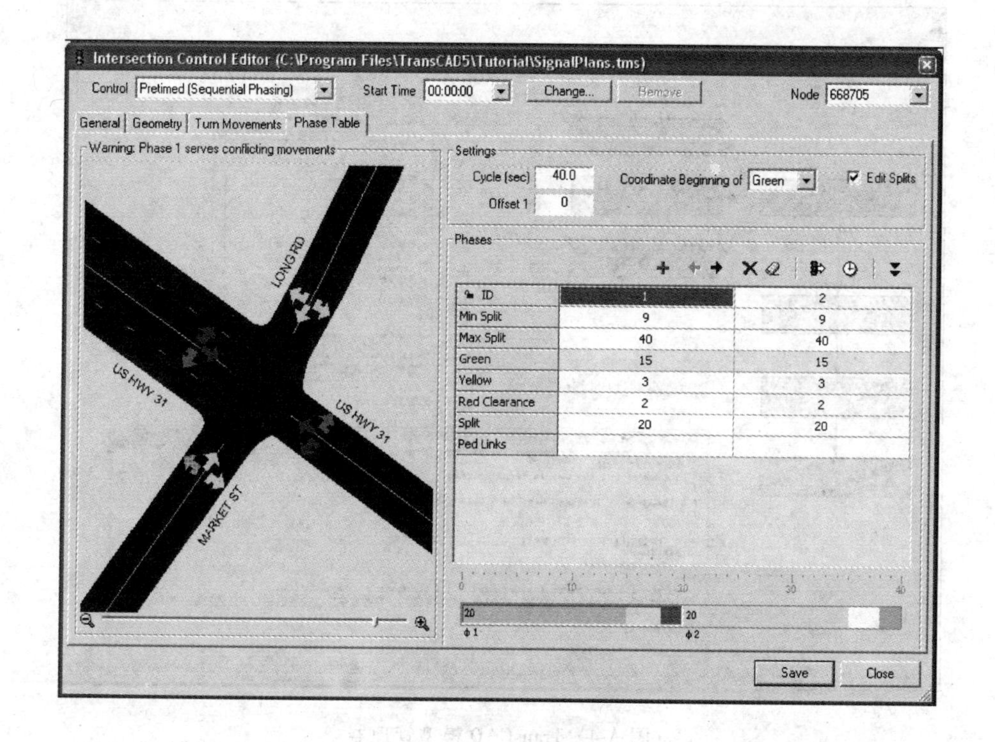

图 A-3　路口控制编辑器

TransCAD 5.0 在出行生成预测阶段增加了 NCHRP 365 出行产生模型，更新了 ITE 出行率表；在方式划分阶段增加了可细分市场的多层 Logit 模型，能便捷地对各个市场分割作效用公式和多层结构方面的定义，一次运行即可算出所有市场分割的参数估计结果；在交通分配阶段增加了基于始点的用户平衡模型（OUE）和动态交通分配模型（DTA）。OUE 通过处理始点子网络，得到无循环路径结果，运算效率显著优于传统 FW 算法，能快速收敛到更准确的用户平衡解；DTA 考虑起迄点之间和路段流量随时间的动态变化，把不同时段的交通需求量分配到路网上；在公交网络建模与分析方面，TransCAD 5.0 提供了公交关键路段的多样化查询分析工具、公交时刻表编辑和查询工具以及基于时刻表的公交最短路径搜索算法。

6. 模型管理器和流程图

TransCAD 5.0 新增了模型管理器和流程图功能，用户可以用互动方式创建、管理和运行多步骤交通规划模型，如图 A-4 所示。

7. 面向对象的 GISDK 编程

新的 GISDK 是一个面向对象编程环境，使程序更具模块化，便于维护。

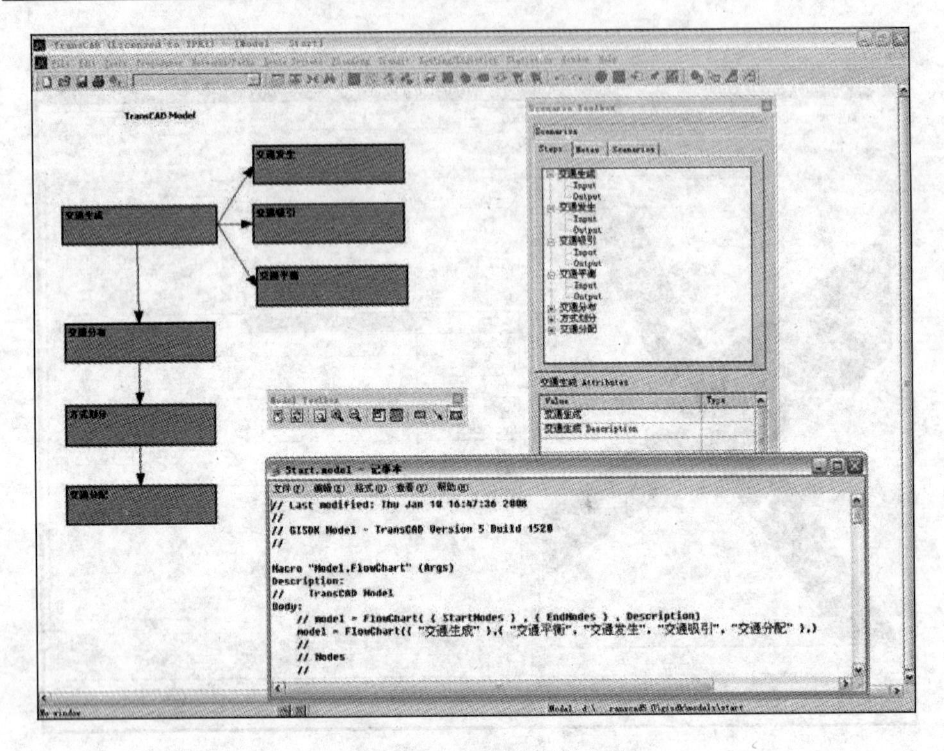

图 A-4 TransCAD 模型管理器

附录 B 中英文术语对照表

第 1 章

交通规划	transportation planning
交通需求预测	transportation demand forecasting
出行生成	trip generation
出行分布	trip distribution
方式划分	mode split
交通分配	traffic assignment
地理信息系统	geographic information systems, GIS
交通仿真	traffic simulation
数据表	table
矩阵	matrix
地理文件	geographic file
路线系	route system

视图	view
地图	map
图表	chart
布局	layout
工作空间	workspace

第 2 章

交通小区	traffic analysis zone, TAZ
质心	centroid
起讫点	origin-destination, O-D
期望线	desire line
查核线	screen line
交通流	traffic flow
通行能力	capacity
图层	layer
样式	style
标注	label
专题地图	theme map
连通性	connectivity
阈值	threshold

第 3 章

出行产生	trip production
出行吸引	trip attraction
交叉分类	cross classification
回归分析	regression analysis
统计	statistics
参数估计	parameter estimation
因变量	dependent
自变量	independent
平衡	balance
当量小汽车单位	passenger car unit, PCU

第 4 章

增长系数法	growth factor method

重力模型	gravity model
广义费用	generalized cost
阻抗	impedance
幂函数	power function
指数函数	exponential function
标定	calibration

第 5 章

选择枝	alternative
效用	utility
集计	aggregate
非集计	disaggregate
最大似然估计	maximum likelihood estimation
多项 Logit 模型	multinomial logit，MNL
分层 Logit 模型	nested logit model

第 6 章

用户平衡	user equilibrium，UE
系统最优	system optimum，SO
算法	algorithm
全有全无	All-or-Nothing
容量限制	capacity restraint
增量分配	incremental assignment
随机用户平衡	stochastic user equilibrium，SUE
高峰小时	peak hour
最短路径	shortest path
多源最短路径	multiple shortest paths
O-D 矩阵推算	O-D matrix estimation

第 7 章

公共交通	public transport，transit
线路	route
站点	stop
换乘	transfer
发车间隔	headway

车票	fare
时刻表	schedule
断面客流量	boarding counts
站点乘降量	on/off counts
最优策略	optimal strategy
非公交路段	non-transit links
公交客流分配	transit assignment
在车时间	in-vehicle travel time, IVTT

第8章

技术评价	technical evaluation
经济评价	economic evaluation
社会环境影响评价	environment & social impact assessment
线网密度	networking density
非直线系数	non-linear factor
线路重复系数	overlap factor
站点覆盖率	service rate
插件	Add-ins
空间分析	space analysis/ geographic analysis
缓冲分析	buffer analysis
叠加分析	overlay analysis

参考文献

[1] 肖秋生，徐慰慈．城市交通规划［M］．北京：人民交通出版社，1990.

[2] 黄海军．城市交通网络平衡分析：理论与实践［M］．北京：人民交通出版社，1994.

[3] 李旭宏．道路交通规划［M］．南京：东南大学出版社，1997.

[4] 陆化普．交通规划理论与方法［M］．北京：清华大学出版社，1998.

[5] 杨兆升．交通运输系统规划：有关理论与方法［M］．北京：人民交通出版社，1998.

[6] 毛保华，曾会欣，袁振洲．交通规划模型及其应用［M］．北京：中国铁道出版社，1999.

[7] 刘灿齐．现代交通规划学［M］．北京：人民交通出版社，2001.

[8] 邵春福．交通规划原理［M］．北京：中国铁道出版社，2004.

[9] 王建军，严宝杰．交通调查与分析［M］.2版．北京：人民交通出版社，2004.

[10] 王炜．交通规划［M］．北京：人民交通出版社，2007.

[11] 任刚．交通管理措施下的交通分配模型与算法［M］．南京：东南大学出版社，2007.

[12] 裴玉龙，李洪萍，蒋贤才，等．城市交通规划［M］．北京：中国铁道出版社，2007.

[13] 周溪召，张扬．先进的城市交通规划理论方法和模型［M］．北京：中国铁道出版社，2008.

[14] Caliper公司．TransCAD交通需求模型手册.2006.

[15] Caliper公司．TransCAD使用手册.2006.

[16] Caliper公司．TransCAD5.0新功能.2008.

信息反馈表

尊敬的老师：

您好！感谢您多年来对机械工业出版社的支持和厚爱！为了进一步提高我社教材的出版质量，更好地为我国高等教育发展服务，欢迎您对我社的教材多提宝贵意见和建议。另外，如果您在教学中选用了《**交通规划软件实验教程 TransCAD 4. x**》（闫小勇、刘博航编著），欢迎您提出修改建议和意见。索取练习数据的授课教师，请填写下面的信息，发送邮件即可。

一、基本信息

姓名：______ 性别：______ 职称：__________ 职务：____________

邮编：______ 地址：____

学校：____

任教课程：______ 电话：______—________（H）______________（O）

电子邮件：________________________________ 手机：______________

二、您对本书的意见和建议

（欢迎您指出本书的疏误之处）

三、您对我们的其他意见和建议

请与我们联系：

100037 机械工业出版社·高等教育分社 刘涛 收

Tel：010—8837 9542（O），6899 4030（Fax）

E-mail：ltao929@ 163. com

http://www. cmpedu. com（机械工业出版社·教材服务网）

http://www. cmpbook. com（机械工业出版社·门户网）

http://www. golden-book. com（中国科技金书网·机械工业出版社旗下网上书店）